イン・マイ・ライフ

吉本由美

AKISHOBO

イン・マイ・ライフ　目次

5

はじめに

２０１１年３月、東京で引っ越し作業をしていたとき東日本大震災に遭い、その二日後生まれ故郷の熊本に帰った。そしてその５年後に熊本地震に襲われた。二度も〝死ぬかと思う〟恐怖に見舞われるといかに脳天気な人間でも自分の来し方行く末などを考えてみるものだ。私も当時は〝我が人生〟について、その愚かさや運の良さについて振り返っていた記憶がある。

前半の「転がる石のように」は２０１７年の１月から２月まで、『熊本日日新聞』の「わたしを語る」という連載コラムに書いたものだ（「『自分の町』といえる場所」一編のみ『旅』掲載）。地震から半年後の冬、熊日の荒木昌直記者から「これまで歩んできた半生について書いてくれ」という執筆依頼がきた。普通だったら、そんな大仰なこと、私のような軽佻浮薄な人間の半生なんか語ってどうなるっての、と断るところだが、たまたまそういう時期だったため引き受けた。子供時代から東京時代を経て熊本に戻るまでの歳月を連載三十数回分に振り分けると、自分が不思議なご縁の後押しで、あっちへころころ、こっちへころころ、しながら生きてきたことがくっきりと浮かび上がった。それでボブ・ディランの曲名から拝借し、タイトルにした。

　新聞の連載が終わると「本にすればいいのに」と言われることが多かった。まさか、そんな、ハジカシイよ、と思いつつ、それでも厚かましく〈橙書店《だいだい》〉の田尻久子さんに相談。すぐに編集者の大河久典さんに紹介され、せっかくだから熊本に戻ってからのことを書き下ろしで加え、二部構成で行こうとなった。

　書き下ろしとは思わぬ展開だったけれど、前半は勢いにまかせて転がる日々、後半は転がって行った先のあたらしい土の上で少しずつ根を生やして行く日々、という二つの時代がワンセットに出来上がった。なるほど人生は川の流れのように続いて行く。そのことが少しでも〝良いこと〟にお伝えできたら嬉しいのだけれど。

ブックデザイン　横須賀拓
イラストレーション　徳丸ゆう
編集　大河久典

I

転がる石のように

1 住みたい部屋を思い描いて

学校には行きたくない

私は団塊中の団塊、団塊ド真ん中の昭和23（一九四八）年生まれだ。戦後民主主義の御旗のもとにすべてを数で押し切って、数の力で自分たちサイズの社会を作り上げた世代である。受験ブームも予備校乱立も就職戦争も、すべては我々から始まっている。

この世代、戦後復興、列島改造の波に乗り、上昇志向で活きのいい世の中をサーフィンしてきた。今と比べるとさまざまな面で何と恵まれた世代だったかと恐ろしくなる。まあ、そのツケは〝老後行き場のない不安〟というもので支払って、帳尻は合うのだけれど。

子供時代は、熊本市大江でサラリーマンの父、専業主婦の母、3人の子供――兄、私、弟――という典型的戦後家庭の形で、猫や犬と共にのんびり育った。小学校は大所帯だったが、今のような過酷なイジメはまだなくて平和な時間が流れていた。サキという親友もいた。なのにときどき登校できなくなる日が生じた。家にいたくて仮病を使った。

登校拒否にはれっきとした理由がある。好き嫌いの多い子供で、給食が、給食時間が、苦痛でしかたなかったのだ。偏食をなくすための学校給食だが、何しろ頑固で受け付けなかった。残し続けてお昼休みが消えた。5時限目が始まる前に口に含んでトイレに駆け込み吐き出していた。

そういうことに疲れると体調不良を訴え母を騙して家にいた。何も知らないサキが下校時に給食のコッペパンを持って来てくれ、胸が痛みはしたのだが。もちろんずる休みの天罰は下る。偏食がたたって小学校上級の2年間は脚気に苦しむこととなった。

中学校は弁当持参で、給食の悪夢からは脱却できた。特に冬場が楽しかった。ストーブで温まったそれぞれのお弁当からさまざまな匂いが染み出して教室いっぱいに漂うという新鮮な体験に、4時限目になると笑みが浮かんだ。

給食から逃れられ学校生活に光が差したに思えたが、しかし、いかんせん、勉強ができなかった。ずる休みで小学生のスタート時から出遅れている。ずる休み中は、当時町のいたるところにあった子供向けの貸本屋から借りた漫画を見てすごしたから、さらに勉強は遅れていく。高校で教師を務める隣家のおじさまが手を差しのべてくれたが、おちこぼれ寸前で、まったく学業に興味をなくした。

中学時代は映画ざんまい

学業に興味をなくした中学生の心を捉えたのは映画だった。

もともと映画好きの母に連れられてよく通っていたから映画館は馴染みの場所。母好みの邦画洋画をさまざまに観せられたと思う。鮮烈に記憶にあるのは『禁じられた遊び』のラストシーンと、『道』の上半身裸のアンソニー・クインが胸に巻き付けた鎖を怪力でブチ切るシーンだ。前者は周囲の大人たちが全員泣いているのに驚かされ、後者は血管が浮かび膨らんだアンソニー・クインの顔が、体が、ただただ恐ろしく、記憶の襞《ひだ》にたたみ込まれた。

西部劇の、鉄砲や弓矢が当たって馬が倒れるシーンも私にはどうしようもなくつらかった。そのたびに「本当は死んでないよね?」としつこく聞くので「イライラした」

と観終わったあと母がグチリ、お供の回数は減っていった。

だから中学生となり、保護者なしで自分の観たい映画を観られる〝自由〟を得たとき、社会が広がった。お小遣いの許す限り観ていたと思う。邦画は、小学生まで夢中だった東映の時代劇（特に大川橋蔵主演の『新吾十番勝負』）を卒業して、社長シリーズなどの喜劇やちょっとおしゃれな雰囲気の東宝映画にシフトした。洋画はジェリー・ルイスの底抜けシリーズ、エルビス・プレスリーの一連の歌入り映画など、明るく楽しいハリウッド映画に浸り切った。

そういう中、これまでとはまったく違う、自分の進む方向を示唆するような作品に出会う。その筆頭が『ウエスト・サイド物語』だ。ミュージカルは（母が好きで）フレッド・アステア、ジーン・ケリーものなど何作も観ていたけれど、これは違った。話が不良グループの諍いだからビックリ仰天。ミュージカル＝ハッピーという概念をとことん覆して新鮮だった。音楽も踊りも、服も街も、すべて完璧にカッコ良かった。移民問題の坩堝《るつぼ》である暗いアメリカを初めて知り、その舞台であるニューヨークという街に興味を覚えた。その年のお年玉全額を払ってサントラ盤ＬＰレコードを購入し、覚えるほどに聴き明かした。

前後して『ティファニーで朝食を』とも出会った。オードリー・ヘップバーンといえば『ローマの休日』だろうけれど、私の進路に作用したのはこっちのほうだ。孤独の感性がフィットした。これを観て私は自分の未来図をイメージできた。そうだ、ニューヨークへ行こう、ニューヨークでなくてもヘップバーン扮する主人公のように大都会のアパートメントに一人で暮らして猫を飼おう、と、映画館の闇の中で心に決めたのだ。

〝憧れの部屋〟の設計図描き

『ティファニーで朝食を』と同じころ、フランス映画『大人は判ってくれない』を観た。ヌーヴェル・ヴァーグの旗手の一人フランソワ・トリュフォー監督の長篇デビュー作だ。アントワーヌ・ドワネルという家にも学校にもなじめないぶきっちょな12歳の少年の自由と孤独が、白黒の彫りの深い映像でみずみずしく描かれていた。同年輩のアントワーヌに私は激しく共鳴した。少年院から逃亡した先に〝何か〟を見て、微笑みか嘆きか、どちらともいえない表情を浮かべた彼の顔のアップで終わるラストは涙で何も見えなくなった。以来アントワーヌを演じたジャン＝ピエール・レオーは私のスターだ。

高校には行きたくなかったが、高校くらい出ていないと都会で一人暮らしはできないだろうと、紆余曲折あったけれど何とか居心地の良い高校に入ることができた。居心地が良いというのは自由ということだ。私にはそれが大事だ。相変わらず学業には無頓着だったが自由なおかげでマイ・ライフは充実していた。

引き続き映画館に通い、ある日ヌーヴェル・ヴァーグのもう一人の旗手ジャン＝リュック・ゴダールの『勝手にしやがれ』にやられてしまった。今までに観たこともない〝軽くて乾いた破滅の美学〟だ。ストーリーも映像も斬新であり難解であり、この後どれだけ観続けたことか、以後長くゴダール熱に冒されていくその入口の作品だった。次に観たのが『恋人のいる時間』で高校2年くらいだったか。終わってホールに出るとばったり中学2年のときの担任教師と出くわした。セックス場面の斬新な描写で話題の作なのだ。お互いバツが悪くてへらへらと笑い合ったが、「お前こんな映画を観るのか？」と言った先生の赤く染まった顔は忘れられない。

家では雑誌を眺め、本を読んだ。『装苑』『服装』『ジュニアそれいゆ』『映画の友』『スクリーン』。買ったり借りたり忙しかった。本は世界文学全集を取ってもらっていたが、もっぱら手が伸びたのは図書館や母の本棚だった。原田康子、森茉莉《まり》、倉橋由美子、尾崎翠《みどり》が贔屓だった。男性作家は教科書に載らない内田百閒《ひゃっけん》、稲垣足穂《たるほ》が好みだった。

高校2年あたりから家の〝見取り図〟や〝設計図〟を描く趣味が生まれた。将来住んでみたい家をいろいろ考えて描くのだ。外国映画でしょっちゅう見かけるフランス窓、バルコニー、暖炉や猫脚つきのバスタブなども組み込んだ。フランス映画のアパルトマンの屋根裏部屋、アメリカ映画の郊外の家の広い前庭も参考にした。方眼紙にスケールもきっちり取って平面図、立面図を描いた。壁の色、窓の形、室内意匠、家具、小物まで、カランダッシュ40色の色鉛筆でこと細かに描いた。愉しくて徹夜になることもたびたびだった。両親はやっと勉強に身を入れてくれたと勘違いして喜んでいた。

そして一枚のイラストを目撃する。『平凡パンチ』創刊号の表紙、大橋歩《あゆみ》さんの描くカッコいい黒い男たちのイラストレーションだ。

行き先が見えてきた──「セツ・モードセミナー」という存在

『平凡パンチ』創刊号の大橋歩さんのイラストは斬新さで一大センセーションを巻き起こした。日に焼けた青年が何人もへアスタイルも着ている服もそれぞれにカッコ良くきめて並んでいる。スーツのときもスポーツウェアのときもある。これからパーティーに行くんだな、とか、スポーツ観戦に行くんだな、とか、こちらの想像力を刺激する。歩さんのイラストがそれまでのスタイル画と異なっていたのは、服や体の美しさだけでなくライフスタイルまで伝わって来る絵柄であったことだろう。『ジュニアそれいゆ』の中原淳一、『ひまわり』の長沢節《せつ》、お二人のおしゃれなスタイル画のタッチをまねて描いたりしていたからファッション・イラストには興味があり、歩さんからの刺激もあってイラストレーターへの道も考え始めた。

けれど完全に受験勉強から降りている自分に美大入学は無理な話。とはいえ学校に行くのでなければ家を出るのは難しい。自分としては一人暮らしをする都会は東京でなくても良かったのだが、家を出るのなら行き先は叔母と兄の住む東京以外はダメだと親は言う。

はて、さて、さて、はて、どうするどうする……と悩んでいるとき、神の啓示のように、父が取っていた『毎日グラフ』に時代をリードするクリエーター長沢節物語、みたいな内容の特集ページを見つけたのだ。

そこには洗練されたスタイル画に負けず劣らずカッコいい長沢節の写真があり、彼が仕組み当時世間が騒いでいた男の子もスカートをはく〝ピーコック革命〟の紹介があり、それだけでも地方の高校生の目は少女漫画の主人公並みにキラめくわけだが、決定打のように現れたのが「セツ・モードセミナー」という学校名で、それには正直目が釘付けに。

何と長沢節にモード画を教わることができるとある。しかも試験はなく申し込み順に入学できるという。まるで自分のためにあるような学校ではないか。春と秋の年に2回募集があって2年間で修了らしい。派手過ぎやしないかと心配する親を説き伏せ、大急ぎ春のクラスの願書を出した。

1967年の春、高校を卒業して、憧れの寝台特急ブルートレインみずほに乗って上京した。私の列車好きはここから始まる。夕方、熊本駅に見送りに来た家族とのお別れは寂しかったが、気持ちの半分は東京に飛んでいた。シートに座り小さくなっていく熊本の街を眺めながら弟が餞別にくれた封筒を開けると、ビートルズの写真が現れた。それまでは触らせてもくれなかった貴重な写真だった。そこで初めてじわっと来た。

小学校６年生の頃

2 東京の街　みちくさ歩き　60's

スタートは新宿西口

半世紀近く続くことになる東京暮らしは、新宿西口から山手通りを越え住宅が密集している渋谷本町のアパートからスタートした。

大家さんと共同で使う玄関は二人も立てば満杯になる狭さで、廊下の右に共同トイレ、左に階段、奥が大家さんのエリアらしい。ひと一人分の幅しかない急な階段を上がった2階の短い廊下の窓辺にはおままごとのような小さな流しとガス台の共同台所があり、三つの部屋が肩を寄せ合うように配置されていた。

開けるときビョンビョンときしむベニヤ合板の薄っぺらなドア。畳敷きの東向きの部屋は6畳と3畳の二間続きで襖《ふすま》で仕切られていた。初めて入ったとき、何となく左に傾いているような気がしたが、一緒に暮らすことになった兄は「気にするな」と言う。もっと酷い部屋に「俺は住んでいた」と付け足す。東京駅に着いてから、人の多さと歩くスピードの速さとひっきりなしに来る電車に圧倒されていたので、部屋の傾きなど「まあいいか」と、まるでマッチ箱で作ったような、映画の書き割りのような、ぺらぺらな部屋も新鮮に思えた。

たぶんマンションというものがあまりなかったからだろう、窓を開けると住宅密集地にしては視界がパアッと広がった。右に東京ガスの巨大なタンクが見え、東の新宿の街並みに向かっては広大な空き地が続き、そのいちばん先にポツンと一つ建築中の建物がある。そのがらんとした風景に一瞬ここは東京だろうかと目を疑う。なんだかブラジリアにでも来てしまったようだ。後に知るのだが、広大な空き地は新宿副都心として再開発される淀橋浄水場跡地で、ベレー帽のチョボ（てっぺんのポッチ）に見えていた建築中の建物が日本初の超高層ホテルとなる京王プラザなのだった。

この年就職してサラリーマンとなった兄は、朝早く出て帰りも遅く、部屋の所有権はほとんど私の手にあった。セツ・モードセミナーが始まる前の一週間は生まれて初めての自分の手による部屋作りに励んだ。これまでは画用紙の上でやっていた絵空事を実際に行えるのだ。胸が弾んだ。

カーテン用の布地を探しに新宿に行くと、〈オカダヤ〉という途方もなく大きく種類豊富な手芸用品店があった。新宿伊勢丹の家具売り場へ行くと熊本では見たこともない素敵なスタンドや小机が並んでいた。インテリア熱がめらめらと燃え上がった。

ついにセツの生徒となる

アパートから新宿西口まではバスに乗って例の広野をとことこ6、7分進んで行く。西口からは地下鉄丸ノ内線に乗り5分ほどの四谷三丁目で降りて舟町15番地まで4、5分歩く。道路から左に折れ石敷きの細い坂道をだらだら下ると坂は映画で見知った〝パリのモンマルトルにあるような〟石段に代わり、そこをいくつか降りた右側に最上階が「屋根裏部屋?」と思わせるパリのアパルトマンのような風情の白い6階建ての建物が見えた、それがセツ・モードセミナーだった。

中に入ると明るい吹き抜けの空間が広がり、5、6段上がった正面の中二階にロビー、さらに上がるとロビーを見下ろせる二階。椅子とテーブルがたくさん並んでサロンのようになっている。中央のカウンターではセツ先生がコーヒーを淹れてくれるという。ここに生徒たちは集って、先生ともろもろの人生談義を楽しむらしい。

細い階段を上った3階から5階が教室で、外から屋根裏部屋と見当を付けた最上階が先生の居住空間。「つまり僕は校長兼小使いさんなのよ」とケラケラ笑う長沢節、このとき50歳。映画ではなく現実のもと私が初めて目にした、飛びきりユニークでおしゃれでカッコいい大人の男性なのだった。

私は午後の部に入った。お昼過ぎに行ってコーヒーを飲み、煙草を吹かして、だらだら過ごし、先生にお尻を叩かれ教室に上がる。デッサンに苦しみクロッキーを愉しみ先生の授業を聞いているとアッという間に夕方で、またただらだらとサロンで過ごす。東京に来て日の浅い娘にはそれほど行く場所はなく、時間の多くをここで過ごした。

サロンには卒業生たちもたくさん顔を出した。セツの前身「長沢節スタイル画教室」から13年目のそのときすでに先輩方には錚々《そうそう》たるメンバーが名を連ねていたが、私がとにかく胸躍らせたのは『平凡パンチ』で活躍する新進気鋭のイラストレーター〝セツゲリラ〟のお兄様方だった。峰岸達《とおる》、柳生弦一郎、池田和弘……皆カッコ良かった。

そんな空気の中で少し風変わりだったのが夜の部に通う佐藤さんだった。個性派揃いの生徒に混じってごくごく普通の服装が私の目をひいた。気になって夜の部にもぐり込み佐藤さんの描いているデッサンを覗き見して腰が抜けるほど驚いた。あまりに上手で。まるで写真のようで。その佐藤さんこそ、のちのペーター佐藤、佐藤憲吉だ。当時はまだデザイン会社か何かに勤めていて、だから夜の部に通っていた。エアブラシの先駆者として一世を風靡した頃会って〝腰が抜けた〟話をしたらくすくす笑っていた。

そしてもう一人、ゲリラではなかったが、牛乳瓶の底のような眼鏡を掛け黒帽子に黒マントという特異な風貌と天才的画風で授業料免除となっていた（のちに絵本作家となる）コージズキンこと鈴木康司とはよく行動を共にした。当時フーテンのたまり場だった〈新宿風月堂〉で赤貧の彼にお茶をおごり、そのお礼に新宿伊勢丹裏（だった気がする）の屋台で100円の天丼をご馳走になったりした。お茶より天丼が安かった。まだ貧乏を愉しむことのできた時代である。

学生運動にぎやかなりし頃

1968年になると世界各国で既成の価値観を覆すような学生運動が活発化した。フランスでは「五月革命」と呼ばれるパリ大学の学生たちによる反乱が起き、ニューヨークではコロンビア大学の学生たちがベトナム戦争に反対して大学を占拠するという事件（のちに映画『いちご白書』のモデルとなった）が起きた。

日本でも、東大医学部や日大経済学部の学生たちの、学校側や教授会に対する改革要求反乱を契機に運動は全学規模に膨らみ、東大安田講堂の一時占拠や日大各校舎のバリケード封鎖など、その行動は日に日に激しさを増していった。何しろ学生たちは「団塊の世代」。頭数に不足があろうはずもなく、各大学で全共闘が結成された。この時期〝流行語大賞〟があれば、「全共闘」「団交」「機動隊」「べ平連」「バリケード封鎖」あたりがリストアップされたろう。

けれどセツ・モードセミナーには静かな時間が流れていた。むろんサロンで議論となることはあっても、自分たちが直接学生運動に係わることはなかった。好きなことをしていられる今の環境に不満はない。伝統と制度を破壊し既成の価値観を覆すのが学生運動だとしたら、そんなことはセツ先生とっくの昔からやっている。学生たちが赤んぼの頃から世の中の価値観にアンチテーゼを示し、既成概念に囚われない生き方を貫いている。その人の薫陶を受けるためにここにいる我らである。反乱の芽など育ちようがない。

しかし騒動を目撃することはたびたびあった。その頃、午前中は御茶ノ水にあるアテネ・フランセに通いフランス語を習っていた。ゴダールやトリュフォーの蜘蛛の糸に引っかかっている以上片言のフランス語くらいしゃべれなきゃ、という浅知恵である。レッスンのあと近くの画材屋〈レモン画翠〉に寄るのも楽しみで、御茶ノ水に向かう足取りはいつも軽かった。

そんなある日、駅を出て直ぐ日大全共闘と機動隊の揉み合いに遭遇したのだ。御茶ノ水に学校のある日大の学生数はかなりのもので、放水と剝がした敷石の投石で駅前はめちゃくちゃになり、アテネ・フランセにも〈レモン画翠〉にもたどり着けずに引き返した。

新宿西口広場では毎週末、学生や市民が集まって反戦ソングを歌うフォークゲリラ集会が行われていた。ある日ふと立ち止まり見ていると、黒い集団が走り込んで来て歌っている連中を角材で殴った。悲鳴が上がり近くの交番からお巡りさんが飛んで来た。どうやらセクト闘争らしかった。うう〜む、あっちもこっちも、何だかきな臭いことになってきた。

東京暮らしになじんでいく

少しずつ東京の街になじんでいったが、１９６８年当時、若者が遊びに行くところはそうは多くなかった。現在店やビルが建ち並ぶ表参道にしても、〈レオン〉でお茶を飲み、〈キディランド〉や〈オリエンタルバザー〉を流したら、〈ビギ〉や〈マドモアゼルノンノン〉は高くて貧乏画学生はお呼びじゃないからじゃあ帰ろうか、というくらいに店が少なかった。

けれど街並みが美しくてついつい足を延ばしていた。夏場は大きなケヤキで参道はいつも薄暗く静寂が支配していた。教会が二つもあり、お屋敷が並び、そのお屋敷のこけむした石垣にはめずらしいシダ類が生えていた。今のきらびやかさの微塵もない静かな街は魅力的だった。

毎晩酔っ払って門限が守られず、窓に小石を投げては寝ている妹を起こす兄に嫌気が差して、同居は1年目で解消していた。私は正真正銘一人暮らしになり自由を謳歌していった。街のインテリア雑貨はまだまだ〝高級風〟好みで、おばちゃん趣味の鼻持ちならないものが主流だったが、よく探せば可愛いものも見つかった。そういうものを少しずつ集め、6畳と3畳の二間を自分好みに作り直した。ゴダールの『勝手にしやがれ』やアニエス・ヴァルダの『幸福《しあわせ》』をヒントにフランス風のチープな部屋と自負して満足していた。

自分好みの部屋ができると花が欲しくなり、新宿西口広場の前にある〈小田急フローリスト〉のウインドーをのぞいた。そのとき運命の歯車が一つ動いた。店内から手を伸ばしウインドーの中の花を2、3本束ねて客に見せている青年の顔が、あの『大人は判ってくれない』で主人公ドワネル少年を演じたジャン＝ピエール・レオーに似ていたのだ。日本人なのだけれど、面影がある。どこか寂しげで、どこか間抜けで、どこか気ぜわしく、どこか茶目っ気のあるアントワーヌ・ドワネルの気配がある。

急いで店内に入り花を探すふりをして観察した。どうやらバイト君らしい。同僚との会話から青学の学生とわかった。青学こと青山学院大学には友だちのボーイフレンドも通っているが、現在学生運動に入れ込んでブタ箱入りもしたという。でもこのアントワーヌ・ドワネルは呑気に花屋でバイトしているくらいだから、学生運動とは無縁のようだ。「ガーベラください」と思い切って声を掛けた。「はい」と明るい返事が来た。「何本ですか?」と訊くので「3本」と答えた。「プレゼントですか?」と顔を上げた彼のその背後の壁に、アルバイト募集の紙が貼ってあるのが10倍くらいに大きく見えた。脳みそがぐるぐる動いた。

二十歳の頃

１９６８年、セツの授業と重ならないスケジュールで〈小田急フローリスト〉のアルバイトに就くことができた私は、隔日で花屋に通った。

目的のアントワーヌ・ドワネル君は不定期出勤のようで、会えない日もあった。格別花屋の仕事が好きなわけではないから、彼の来ない日はつまらない。無愛想で手際の悪い甘ちゃんは、さっそく先輩女子らから〝ダメ出し〟や〝教育〟を受け、生まれて初めて仕事のつらさを味わった。

それでも以心伝心か、初夏の陽差しがまぶしく思える頃には私の戦略も実りを迎え、ドワネル君と親しくなる。バイトのない日は待ち合わせて表参道を散歩して、青学そばの雀荘で麻雀を教わる。麻雀は当時の能天気大学生必須アイテムで、本郷（東大）や御茶ノ水（日大）の騒ぎをヨソに青学周辺の雀荘は学生寮のように賑わっていたのだ。

７月、二十歳の誕生日を前に二人だけで過ごせる場所が欲しくなる（彼は実家住まい）。門限や来客禁止でうるさい下宿屋的アパートを出て、一駅先の６畳一間キッチン・トイレ付きに移った。同じ頃、東大では全学共闘会議が再び安田講堂を占拠して、新聞・テレビを騒がせていた。

その頃、渋谷の今でいうセンター街の地下に、レコードでシャンソンを聴かせる喫茶店〈シャンソン・ド・パリ〉があった。当時はシャンソンの全盛期。フランス語を習っている以上私もツウのようになって〝シャンパリ〟にはよく通った。

ある夜、東急本店通りをハチ公前に向かって歩いていると、日頃はのどかなそこで、まさしく突然、デモ隊と機動隊の衝突が起きたのだ。怒号と騒音。周囲の店は次々にシャッターを下ろし通りは真っ暗、パニックになった私は逃げ惑う。バンバンという音がして機動隊がデモ隊に催涙弾を発射し、辺り一帯白い煙が立ちこめた。私もガスを吸い、涙で周りが見えなくなって立ち尽くした。

そこに「あなた、こっちよ！」という声がして、手を引っ張られ階段を下りた。建物内に入るとシャッターを下ろす音。涙が止まり周りを見回せば、なんとシャンパリの店内で、たくさんの人が避難していた。

「出ようとしたらコレだよ」と苦笑いする見知った顔もあった。「迷惑だね」という声、「暴れたいんだな」という声、いろいろ聞こえた。店の人が「しかたないからこれを聴きましょう」とレコードを回した。シャルル・トレネの「残されし恋には」が静かに流れ、小さく歌う人もいた。私はなぜか胸が震えて涙がこぼれた。

こういう道もあったのか——みゆき通りの『スクリーン』編集部

１９６８年の11月、クロード・ルルーシュ監督が撮ったグルノーブル冬季オリンピックの記録映画『白い恋人たち』をドワネル君と観に行った。劇場は日比谷スカラ座。大ざっぱに括れば銀座の映画館だ。

ドワネル君とは映画をよく観た。いつもは新宿、渋谷、池袋の二本立て、三本立ての名画座通いという懐具合の私たちには銀座の映画館は〝ハレの場〟で、一番のおめかしで出かけた。

映画はモチロン良かった。今でもフランシス・レイの主題曲がラジオから流れると、当時の空気が、青春の甘酸っぱさが、鮮やかに蘇り胸がきゅうんとなる。しかもその後運命のいたずらが用意されていたものだから、私にとって『白い恋人たち』は重要な映画の一つになっているわけだ。

観終わって、早めの夕食を取ろうとみゆき通りを歩いていたら、上から何かポタポタと落ちてきて私のコートの袖を濡らした。何せ一張羅のコートだからカッとして見上げると、仕立屋〈英國屋〉２階のエアコン室外機から水が滴り落ちている。夏でもないのに、と2階の窓を睨みつけたとき、そこに『近代映画』『スクリーン』というロゴがいくつも貼り付けられているのを発見したのだった。

もと愛読者にはピーンと来た。あそこが『スクリーン』の編集部だと。頭の中がめまぐるしく回転する。映画雑誌の編集部員は毎日試写を観て過ごすとどこかに書いてあったぞ。ってことは毎日タダで映画三昧できるってことだぞ。なんて素敵な職場だろうか！　まるで自分のために用意されているようじゃないか！　と。

気が付けば「落ち着けよ」というドワネル君の声を振り切り〈英國屋〉の階段を駆け上っていた。そして「近代映画社」と書いてある小さなドアをドンドンとたたいていた。

中からヒッチコックみたいなおじさまが出ていらして「何か用かい？」とおっしゃった。バイトをしたいと申し出ると「うちはバイトは雇いません」。掃除、お茶汲み、鉛筆削りにお使いまで、ありとあらゆる用事をやります、と言い募る。するとおじさま「お嬢さん」と呆れたように言い、「そんなにうちで働きたいのなら来月の入社試験を受けたらどうかい」。私は後先考えずに「はい！」と即答。おじさまちょっと引いたけれど、渋々ながら応募書類を持って来てくれた。その場で書類に書き込んだ。セツはどうする、親には何と言う、と考えあぐねてその夜は眠れなかった。

3 映画が教えてくれた 70's

思いもしない編集部員

自分の未来図に会社勤めはなかった。ただ『スクリーン』編集部でアルバイトをしたいだけだった。セツ・モードセミナーの本科受講はあと少し残り、できればその先の研究科まで進むつもりでいたのだし。

そこに降って湧いたような『スクリーン』への入社話。でもまあ、試験の準備もしていない自分が採用されるわけがないから、ここは運だめしのつもりで挑戦しようと、クリスマスの飾り付けで賑やかな銀座５丁目の試験会場に乗り込んだ。もうひと月で１９６８年が終わりを告げようとしていた。

それがどうしたことだろう、採用となったのだ。男性４人女性１人の小さな編集部に大卒青年と私の二人が加わることになったのだ。

まず両親に説明し了解を得た。セツ・モードセミナーには退学を申し出たが、セツ先生は「休学扱いにしておこう。いつでも描きに来ていいからさ」と笑って送り出してくださった。その後教室に行くことはなかったが、人生の節目節目で私は先生に助けられている。つらい時期、灯台の灯りのように励まし導いてくれたのは、「何ものにも囚われない自由な心は孤独を愉しむことから生まれるんだよ」という先生の言葉とそれを実践されている姿だった。

１９６９年の４月、『スクリーン』編集部員として社会へ出た。同期入社のU君は大卒だし、某有名バーでバーテンダー修業をしていたこともあってか大人扱いされ、最初から編集作業に就けた。片や私は何も知らない未熟者。バイト願い時の宣言どおりに、掃除、お茶汲み、鉛筆削りからのスタートだった。

U君が原稿いただきのため淀川長治さん宅への道順を編集長から聞いているのを、７人全員分の鉛筆70本を削りながら横目で眺め、あるときは原稿用紙に向かう彼にお茶など運んだりもした。

『スクリーン』編集部の頃

今なら男女格差年齢格差学歴格差とむかつくかも知れないが、鈍かったのか、一番年下だからとあきらめていたのか、その時はまだ疑問にも思わなかった。その頃観たイギリス映画『ジョアンナ』に触発されて〝人生は回り舞台〟と、毎日の雑用も芝居を演じている気になっていたからかもしれない。

ただ、試写に行けないことはつらかった。編集部の皆が次々と試写へ出かける中、いつも留守番役の自分。一番下っ端だし仕方ないのだが不満はたまって、それも限界かと思うころ、編集長から観てきなさいと言われたのがアメリカ映画『真夜中のカーボーイ』だった。

念願かなって試写びたり

自分にとって試写第一回の『真夜中のカーボーイ』は、女をカモに一儲けしようとテキサスから出て来た田舎者と足の悪い病弱な小男の二人組が、ニューヨークという大都会の底辺を這いずり回るように生きていくという、何とも哀しい物語だった。

観終わっていい気分になるような作品では決してない。けれど片時も目を逸らすことができないほどにグイグイ画面に惹き込まれる。何だかとても悲劇的だが、どこがそうなのか指摘できない不思議な引力があった。

それがアメリカン・ニューシネマなのだと、試写室から編集部に戻り席に着いてボウッとしている私に編集長が言った。そう言えば昨年の『俺たちに明日はない』のラストシーンも、あまりの衝撃で瞬き一つできなかった。心の奥底に深く沈み込む余韻も似ている。

アメリカン・ニューシネマとは、この時代に制作された若い監督による反体制的な内容のアメリカ映画を括るときの日本における名称だ。このあとも『ワイルドバンチ』『イージー・ライダー』『M★A★S★H　マッシュ』『ファイブ・イージー・ピーセス』等々の秀作を続々観ることになるのだが、この映画豊作期と試写で観られる状況が重なったことは、今考えると奇跡に近い。人よりいち早く何作も、タダで観ることができるのだ。映画好きにこれ以上の幸運ってあるだろうか。

午前中の特別試写、あるいは夜のホール試写を別にすると、試写は通常平日の午後1時と3時に、それぞれの洋画配給会社の試写室で行われる。入社してしばらく経つと、新米部員でも支障のない限り試写室通いを許されて、U君と1時にするか3時にするか調整しながらほぼ毎日映画を観ていた。都合さえ付けば朝・昼・夜と日に3本も観ることがあった。

掃除にお茶汲み、鉛筆削りに電話応対をこなし、試写を観て、そのほかに、新米部員に託されたのは広告ページの校正だった。印刷所から回ってくる映画の広告を、それぞれの配給会社の宣伝部まで持参して文字校色校願うのだ。当時洋画の配給会社は主なところで8社あって、締め切り日が近づくと校正紙を入れた大きな茶封筒片手に各社の所在地、銀座・新橋・虎ノ門を、ぐるぐるぐる回るのである。

その夏、アメリカから「ウッドストック」の噂が届いた。映画にも音楽にも新しい風が吹き、世界が変わる予感がした。

新米編集部員はまだまだ呑気

八つの配給会社をハムスターのようにぐるぐる回っていたある日、松竹映配の宣伝部に広告の校正紙を持って行くと「あなた、どこのコ?」と声を掛けられた。見れば若くてきれいな女性がにっこり笑っている。年配の役職の方以外ほとんど男しか見当たらない洋画配給という業界で、それはまるで〝掃き溜めに鶴〟のような清々しい笑顔だった。

その女性が、これから私の辿る道に深く関わってくる淀川美代子さんだ。私より5歳年上。この業界でたった二人の若い女性として、映画談義や世間話をしたり、何かの会の受付をコンビで担当したりして、すぐに仲良くなった。話しているうちに淀川長治さんの姪御さんと知る。淀川先生とは、編集部に原稿を届けてくださったり、試写室にいただきに行ったりして、少しは挨拶を交わせるようになっていたので、ますます親近感が湧いた。

ある日銀座通りを歩いていたら、6丁目あたりの和装小物店のウインドーをひたすらのぞいている西洋人の若者に目が止まった。右から見ても左から見ても、フランコ・ゼフィレッリ監督『ロミオとジュリエット』のロミオ役レナード・ホワイティングにそっくり、いや間違いなかった。スマホがあればその場で激写できるのだけれど、当時は残念ながら観察するだけ。編集部に戻り報告するとお忍びで来日中ということだった。スクープしていたらと悔しくて、それからは小型カメラを持ち歩くようになった。

1970年に入ると少しずつ学生運動が変化していく。3月、赤軍派による日本航空機「よど号」ハイジャック事件が起きた。その様子が逐一テレビで生中継され、画面から目を離せなくなった。過激に屈折していく彼らを不気味に感じ始めていた。

そんな中、3月には平凡出版（現・マガジンハウス）から『アンアン』が創刊されて心浮き立つ。2号以降続くモデル立川ユリの個性派アイ・メイクの表紙が強烈だった。見開きいっぱいの写真も躍動感あふれる大胆なアングルでドキドキさせた。カメラマンも篠山紀信、立木義浩など一流どころ。『平凡パンチ』に続いての衝撃デビューだ。それまでの社会・芸能・スポーツ中心の雑誌の世界に、若者のライフスタイルを謳う斬新な雑誌を立て続けに出す平凡出版とはどんな会社？　と興味が湧いた。淀川美代子さんも松竹映配を辞めて『アンアン』編集部に参加していると聞いたから尚更だった。

しかし自分はまだまだ呑気な新米部員。ランチには江戸っ子のU君と蕎麦屋へ入って生粋の蕎麦の食べ方の口うるさい洗礼を受け、その後お隣のジャズ喫茶に入り、マイルス・デイヴィスやセロニアス・モンクのレクチャーを受け、そしてお給料日には背伸びして8丁目の資生堂パーラーにて（お値段も）華麗なるカレーライスに舌鼓を打つ、などしていた。

三島由紀夫事件に全員絶句

1970年の後半は刺激的な日々だった。

『スクリーン』の入っている英國屋ビルとすずらん通りを挟んだ向かいにタイプライター専門店〈黒沢商会〉があって、ウインドーにはまるで宝石のようにオリベッティの高級タイプライターが飾られていた。その中にゴダールの『軽蔑』で劇作家役のミシェル・ピコリが使っていたタイプライターと同じ型があった。

美しいデザインで憧れのものである。毎日眺めていたらある日店員さんから「打ってみますか？」と誘われて、どきどきながらもローマ字で打ってみた。カタカタという乾いたバタくさい音がした。一つ大人に近づけた気がした。

編集部長にランチを誘われたときはさらにどきどきした。長く英国で暮らした部長は帽子とコートと英字新聞がトレードマークの初老の紳士。独身である。渋くもある。そんな人物に当時は並木通りにあったイタリア料理店〈レンガ屋〉でお昼をご馳走してもらうのだ、緊張ここに極まるのだった。しかも「食前酒は何にする？」なんて訊ねられて目を白黒。ランチにお酒を飲むなんてまるで映画じゃないか。しかし決して嫌いじゃないので、部長の薦めでチンザノを頼んだ。銀座の洒落たレストランで昼間からお酒を飲むというこのシチュエーション……。また一つ大人に近づけた気になった。

『スクリーン』は月に一度の発売で、毎月末は編集部みんなで市ケ谷にある大日本印刷に出張校正に行く。小さな部屋で刷り上がりを待ち、直ちに校正して戻すのである。この校正室に缶詰になりながらみんなとくだらないお喋りをして過ごす二日間が私は大好きで、11月のその日もひとしきり和んだあと、映画広告の色校正を配給会社に見てもらうため印刷所を出た。そのとき周囲が何やら騒然としていることには気が付いたが、何が起こっているのかはまだ知らずにいた。

配給会社巡りを済ませて銀座4丁目の地下鉄入口に向かったとき、「号外！」と叫んでいる人から『朝日新聞』の号外を渡された。そして仰天。作家三島由紀夫が大日本印刷隣の自衛隊駐屯地を乗っ取り、大演説のあげく割腹自殺を遂げたという記事で、おまけに写真の片隅に割腹介錯された三島の首が写っていたのだ（この写真は直ぐに差し替わった）。

市ケ谷へ戻り校正室に駆け込むと、さすがに異変に気付いたらしく室内はざわざわしていた。号外を見せると全員絶句状態となって顔を見合わせた。

私は二度生前の三島さんをお見かけしたことがある。一度目は銀座中央通りの書店〈教文館〉裏口から出てこられたときぶつかりかけた。「失敬」という声が聞こえた。二度目も銀座で割腹自殺の年の夏だ。ガス灯通りのキャバレー〈白いばら〉前を歩いてこられた。ピチピチのポロシャツから出ているたくましい腕で紫色の風呂敷包みを大切そうに抱えておられた。その姿を今も鮮明に思い出す。

意気揚々と原稿いただき——小森和子と古波蔵保好

入社1年半あたりから、担当ページを持ち自分の責任で進めていく編集作業に就くことになる。まずは読者欄と「すくりーん★おしゃれ専科・女性編」の二つを担当した。読者欄は送られてくる膨大な量の読者の葉書から気に入ったものを選び、それに編集部のコメントとして短い文章を書いた。自分の文章が印刷物に載るのは初めてで、無記名ながら嬉しかった。「すくりーん★おしゃれ専科」は服や小物で話題になりそうな作品を1本選び、服飾評論家の大内順子さんに原稿を書いていただいた。

読者欄のコメントがお気にめしたのか、2年目からは巻頭頁のスター・ポートレートのキャプションも書くことになった。編集部のおじさま連が面白がってくれるので、さらに面白がらせようと工夫を凝らす。キャプション書きが楽しくてしかたなくなった。

その勢いで「ハリウッドの雀」というゴシップ記事の頁も担当した。ハリウッドからその情報を送ってくれるヤニ・ベガキス氏とは通信仲間になり、氏の来日時の食事会では小森和子先生と同席する光栄にも恵まれた。

そのせいか小森先生の原稿いただきが私に回って来て、月に一度楽しいひとときを過ごすことになる。当時は「小森のおばちゃま」としてテレビでもご活躍で、青山一丁目のご自宅に伺ったり、行きつけの美容院まで受け取りに行ったりした。美容院で毎回髪の色を変えられるので、今月はどんな色でお出ましかと楽しみだった。

もうお一人、原稿いただきに伺うのが喜びとなっていたのが、服飾評論家でジャーナリスト、名随筆家の古波蔵保好《こばくらやすよし》さんだ。その頃はセツ・モードセミナーにほど近い四谷三丁目の小さな一軒家にお住まいで、約束の時間に伺ってもたいていまだ原稿は上がっておらず、待ち時間には奥様のやはり服飾評論家鯨岡阿美子さんが美味しいコーヒーとスワンシュー（白鳥の形をしたシュークリーム）を振る舞ってくださった。

外でお会いするときはダンディーな装いなのにお宅では古い着物を着ていらっしゃるのが不思議で訊ねると、それは沖縄の伝統的な着物とのこと。古波蔵先生は琉球王国士族の末裔だったのだ。なるほど、と私は膝を打った。何かしら先生に品格を感じてきたのはそういう由縁かもしれないと。

U君が忙しいときは、淀川長治、双葉十三郎、荻昌弘ご歴々の原稿いただきも請け負った。いろんな方々とお会いしてお話を聞けることはとんでもない財産ではないかと思って意気揚々だった。

ここでの限界が見えてきた

１９７１年の秋、ルキノ・ヴィスコンティ監督の『ベニスに死す』が話題を呼んだ。トーマス・マンの原作、マーラーの重厚な音楽、そして美少年に向かう初老の作曲家の恋心。その舞台は海に浸食され腐敗への道をたどる宿命の都ベニスである。何もかもが耽美の極みで濃厚で、見惚れずにはいられなかった。

美少年が着ていたボーダーのマリンセーターも気に入った。心底欲しくなり、「すくりーん★おしゃれ専科」でも大内順子さんに取り上げて貰った。探し続けて、本物を手に入れたのは十数年後になるのだったが。

その年は『おもいでの夏』や『小さな恋のメロディ』など、10代が主人公の爽やかな映画もヒットして、大御所ヴィスコンティの腐る寸前の肉料理のような濃厚味と比較対照してみる特集も面白いのでは、と企画を出したが、下っ端の戯言に終わった。

この時期私が映画を楽しめたのはここらあたりまでだったと思う。仕事が終わると例の恋人ドワネル君と待ち合わせて、会社近くのシャンソンをライブで聴かせる〈銀巴里〉に通い、まだ少年ぽかった長谷川きよしの美声に気を紛らわしていたけれど、胸の内では仕事に対する不満がぶちぶちと湧き上がっていた。

キャプション書きも読者欄も嫌いではないが、あと数カ月で編集者生活3年目を迎えようかという23歳の冬、先に行きたくなっていた。けれど『スクリーン』編集部では、取材や特集の仕事に就けるのは男性編集者だけだ。先輩を見て悟るのだったが、何年経験を積んだにしても女性には二次的な仕事しか回ってこない。古いのだ。ここでの限界が見えてきた。

１９７２年は不穏な年で、２月に入ると衝撃的な事件が起きた。連合赤軍グループが群馬の妙義山や榛名山で軍事訓練していたことが警察に見つかり逃走し、逃走メンバーのうちの５人が軽井沢にある河合楽器の保養所「浅間山荘」に侵入して、管理人の妻を人質に立てこもったのだ。機動隊の人質救出作戦も難航し、ついに十日目、大きな鉄の玉で壁を打ち砕くという驚くべき戦術で強行突入。死者３人負傷者多数出したものの人質は無事に助け出され、容疑者たちも全員逮捕されたという事件。

その経過を連日テレビが生中継して、ライブ好きの私は画面から目を逸らすことが出来なくなった。会社には病欠と偽り何日も休んだ。そして、今こそ引け時ではないかと思い、そのまま辞めることにした。

想定外の新しい生活

思わぬ成り行きで『スクリーン』編集部を辞め、「さあどうする」と思ってもこれという道筋は浮かばない。休学待遇になっているセツ・モードセミナーに復学するのがいちばん理にかなうやり方だけれど、一度途切れた熱意を立て直すのはそう簡単ではなかった。失業手当が出るにしても毎月のお給料がなくなるとアパートの家賃が苦しい。より安い部屋探しをドワネル君に相談したら、彼、呟いたのだ、「うちの空き家に住んでみる？」と。

うちの空き家？　初めて聞く話で驚いた。彼は家族とともに神宮前のマンションに暮らしているが、小学生まで住んだ一戸建てが空き家のまま高田馬場に残されていると言う。10年ほど前、道路拡幅工事予定地となって立ち退いたけれど、その後いっこうに話が進まずそのままなのだと言う。

見に行って、間髪入れずＯＫした。確かに長く人のいなかった家は荒んではいたものの、板張りの玄関ドアや出窓のある板の間や小さな食堂などが、高校時代私の頭の中で燃え上がっていたインテリア熱の埋《うず》み火に油を注いだ。初めての部屋作り実践所としてこれ以上の材料があるだろうか。

失業の身に時間はたっぷり用意されていた。朝から高田馬場に通い、庭を覆い尽くしていた雑草を抜き、埃の溜まった家の中を掃除して、板の間や窓枠を拭きまくり、玄関ドアと窓枠に渋いイングリッシュ・グリーンのペンキを塗り、小さな台所の壁を卵色に塗った。傷みの激しい奥の座敷と子供部屋はそのままにして、玄関・台所・食堂・リビング・寝室を暮らすにふさわしい清潔な空間に変えた。頭の中にしかなかった部屋作りの実現に、心から充足した。

この家は、人がいては立ち退き条件が悪くなるため反対されるということと、週末は彼もここで過ごしたいということから、私が住むことは彼の家族には内密で、表向きはあくまでもドワネル君の週末ハウスということになった。

そして、一戸建てに暮らすとなると欲しくなるのが大きな犬だった。イギリス映画『ナック』か『ジョアンナ』に登場したアフガンハウンドを飼いたくなって、ブリーダーを探し、茨城の山中まで出かけた。

映画に登場したファッショナブルなクリーム色のアフガンを選ぶはずが、その脇にいた黒いちゅるちゅる毛でオヤジ顔の山岳アフガンが気に入った。連れて帰ってジェスパと名付けた。仔犬だが座ると私と同じサイズで寄り掛かることもできるのだった。

1972年秋。愛犬ジェスパと

また一つ歯車が動いた

掃除してペンキを塗って、見た目リニューアルなったかのような高田馬場の家だったが、さすがに廃屋の兆しは覆らず、水問題がしばしば生じた。

お風呂は完璧に使えずに、トイレも水が滞る。反対に大雨になったら台所・食堂・座敷が雨漏りで水浸し。けれど運のいいことに歩いて1分のところに銭湯があったし、トイレはバケツに汲んだ水を流し、部屋のあちこちに降る雨は洗面器を並べてしのいだ。若かったからそういう苦労もへいちゃらだった。それよりも、家賃がなく自分好みに作った家の中で自由気ままに暮らせることが嬉しかった。

しかし外の世界では、浅間山荘事件の後で発覚した妙義山・榛名山での連合赤軍集団リンチ殺人やその残党によるイスラエル・テルアビブ空港での銃乱射など、身の毛もよだつ狂ったような事件が続いていた。

なれの果てのおぞましい構図に、大人はもとより学生たちの支持まで失い、全共闘に始まった70年学生運動は、内ゲバという屈折した暴力を〝根の深いおでき〟のように残したまま自滅へと突き進んでいた。私は学生運動とは無関係に生きてきたが、同年代の一人としてこういう結末は悲しかった。

朝夕ジェスパと散歩に行き、絵を描いたりカーテンを縫ったり庭を手入れしたりしているうちに、猫が２匹、仔犬が１匹、増えた。

グレーの美しい仔猫は近所の小学生が「飼い主を見つけるまで預かって」と持ち込んだもので、もちろん引き取りになんて来やしない。片目の白い仔猫は公園で男の子たちからいじめられているのを浦島太郎的に助けてしまった。白い仔犬は捨てられているのをドワネル君が連れ帰った。気のいいジェスパは、それら小さな者たちの面倒を見た。

そういう72年の、秋だったと思う。銀座のタイプライター専門店〈黒沢商会〉の前で淀川美代子さんとばったり出会ったのだ。久しぶり！　元気？　など挨拶を交わし、「まだ『スクリーン』にいるの？」と訊かれたので辞めたことを伝えると、「じゃあ大橋歩さんのアシスタントやってみない？」と言われたのだった。耳を疑った。あの大橋歩さんのアシスタントを!?

思ってても見なかったことでびっくりである。『アンアン』編集員の美代子さんは歩さんと懇意にしていて、現在歩さんはアシスタント募集中と言う。「あなたはセツに行ってたんだから丁度いいじゃない」と言う。頭がクラクラした。棚から牡丹餅とはこのことか。運命の歯車がカタンと二度目の音を立てた。

アシスタントの優雅な生活

そのころの大橋歩さんの仕事場は、青山一丁目の小さなマンション1階奥の2DKの部屋で、そこをシューズ・デザイナーの高田喜佐さんとシェアされていた。歩さんと喜佐さんは多摩美術大学の同級生、目指す道は異なれど気の合う友人同士らしかった。

私はすぐに採用されて月・水・金の週に三日通うことになった。当時の歩さんはまだイラストレーション一筋で、自分一人で出来る範囲の仕事量しか受けておられず、お手伝いは週に三日で充分という。私もジェスパを連日家に閉じ込め留守番させるわけにはいかないから、週三日の隔日出勤はありがたかった。

学生時代からの憧れの人のお手伝いをするということは身に余る光栄である。出来ないことも頑張るぞ、と意を決して臨んだものの、歩さんのアシスタントは漫画家のアシスタントさんのような作品制作の手伝いではなかった。

イラストは歩さんがこつこつと最初から最後まで一人で描く。制作に関して私がやることは、仕上がりにトレーシングペーパーを掛けるくらいだった。

ではほかに何をしているのかというと、掃除してコーヒーを淹れ、白い大きな仕事机に歩さんと並んで座るのだ。右側で歩さんが描いている間、左側で鉛筆を削ったり本を読んだりして、歩さん喜佐さん共有の電話が鳴れば応対に出る。ときどき印刷所やスポンサーのところへ作品を持って行くお使いもある。

お昼は美味しい店でご馳走してくださる。午後の仕事場でやることがないときは、壁いっぱいに取り付けられた本棚から『シェーネル・ボーネン』『ラ・メゾン・ド・マリ・クレール』『エル・デコ』『100イデー』などの外国のインテリア雑誌を取り出して読みふけった。

その当時、私のような貧乏娘に洋書は高くて買えなかった。銀座の洋書店〈イエナ〉でこそこそ立ち読みするだけだった。それがここにはごっそりあって、より取り見取りページをひらける。ひらくごとに魅惑の家、庭、部屋、家具、小物が登場し、夢の世界を彷徨できる。彷徨したのち我に返って、この恵まれた状況を恐れ多く思うのだった。

いつもではないが、3時過ぎに歩さんの一人息子の大介君を幼稚園まで迎えに行った。手を繋ぎ仕事場に戻る途中、せがまれ入った紀ノ国屋スーパーで「チョコ買って！」と泣き付く大ちゃんと歩さんからダメを言い付かっている私との攻防戦は長かった。その大ちゃんも今や中年男性だ。歩さんとは長いお付き合いなのである。

4 スタイリストになる 70's―80's

雑誌づくりを見てみたい――『アンアン』編集部

淀川美代子さんも大橋歩さんの仕事場によく遊びに来た。このお二人は編集者とイラストレーターという仕事関係の枠を越えて仲が良かった。

その様子を前にすると、共に仕事をしていく仲間がいるということが眩しく見えた。大人の証しのようにも思えた。いつか自分もそういう仲間を持てる日が来るのだろうか。一人が好きで気ままにやってきたけれど、そろそろ何かに繋がりたくなっていた。

歩さんのお供で『平凡パンチ』や『アンアン』の中心スタッフの集まりに顔を出す機会にも恵まれた。清水達夫副社長、木滑《きなめり》良久編集長、石川次郎副編集長、アート・

ディレクターの堀内誠一さん、デザイナー、カメラマン、編集者……。ときに写真家の篠山紀信さんやグラフィック・デザイナーの長友啓典《けいすけ》さんなど加わり、知る人ぞ知るその道のプロの顔が並ぶ。アシスタントの身の上だけれど末席を温めるくらいは許されるかと、皆さんのおしゃべりを拾うべく耳をダンボに押し広げていた。

それでわかったのは、『平凡パンチ』も『アンアン』もスタッフ自身が面白いと思うテーマしか取り上げないということだった。作り手の本人たちがまず面白がることが必須条件、雑誌作りの基本。仕事だからやるではなく、俺が、私が、やりたいからやるというスタンスだ。な〜るほど、と、隅で頷く。だからこの人たちの作る雑誌はストレートに面白さが伝わって来るのだろう。

二誌の創刊以後似たような雑誌が雨後の筍的に出版されたが、比べ見てわかるのは〝本家〟のテーマへの踏み込み方だ。本気である。まどろっこしくない。弾けている。もっと直接この人たちの雑誌作りを見てみたい、と密かに思った。

この年（1973年）の秋だったか、歩さんのクレパス画の個展が青山のインテリア・ショップ〈アルフレックス〉で行われた。私は受付を担当したが、いつもは客の少ない高級家具のショールームにたくさんのお客さんが観に来られ、心底嬉しかったことを覚えている。

というのも、作品納入前の歩さんの多忙さを見ていたからだ。仕事場に泊まり込みの日もあった。歩さんは一家の主婦でもあるから、それは大変なことだろうと頭が下がった。何しろまだ幼稚園通いの大ちゃんがいる。ご主人の石井厚生さんは彫刻家だけれど、その当時はマネキン制作会社にお勤めで、こちらも多忙だった。

同じ徹夜でも、高校生の私が何の心配もなく趣味の〝家の設計図描き〟に夜を徹して没頭したのとは次元が違う……と周囲のプロたちを観察しながら、仕事の愉しさ厳しさを知り始めた時期だった。

新たな道へころころと

歩さんの仕事場に通い始めて1年も経つと、あまりに恵まれ過ぎていて「このままでいいのか」という疑問を感じるようになった。いいことが続くと不安になるタイプなのだ。それに家賃がないとはいえ、週に3回のアシスタント料だけでは生活がきびしい。そのため犬猫にかかるお金やときどきのご馳走などはドワネル君頼りで、それも心苦しいことだった。さらに将来どうするのかと考えると、いかにお気楽な人間でも眠れなくなる夜もあった。

そんなある日「ユミちゃん、この先どうしたいの」と歩さんに訊かれた。そろそろちゃんとした職に就いたほうがいいのではと。歩さん、気にしてくれていたんだ、それとも私が重荷になったのかな、など考えて、「はあぁ」と煮え切らないでいると、「（淀川）美代子さんとも話したけど、『アンアン』で編集見習いをしてみてはどう？」と言われた。

びっくりである。創刊時の編集者は「超」の付く狭き門だった……と聞く『アンアン』編集部である。憧れる気持ちはあったがそこに参加するなど考えてもみないことだった。そもそも、気の利かない自分が流行の最先端を走るおしゃれ雑誌に適応できるとは思えない。迷っているところへ美代子さんが来て、「私が鍛えてあげるから大丈夫よ」とニヒルに笑った。

それで居心地の良かった歩さんの仕事場を離れ、流行の発信地、つまり戦場でもあるかも知れない『アンアン』編集部へ恐る恐る転がり出たのだ。

当時の『アンアン』編集部は不思議なところだった。創刊4年目のその頃は築地1丁目（現・銀座3丁目）の歌舞伎座裏の、古い旅館同様に階段を上ったり下りたりする年季の入った「平凡出版」社屋の2階にあった。下は肉屋だった。詳しくは知らないが、昔々の社屋建設の折に肉屋が立ち退かず現在に至るらしい。おしゃれ雑誌と古い肉屋の組み合わせが面白かった。

その肉屋の上で、編集長、副編、デスク、編集部員、カメラマン、レイアウトなどのスタッフ40人ほどが、楽しそうに仕事をしていた。そして何だかわからない若者がぞろぞろと出入りしていた。やたらと活気あるその職場でぼやっとしていたら、「あなた、ちょっと」と声を掛けられた。

声の持ち主はライターの三宅菊子さんだった。編集部に来て間もないうちにインプットした相手である。何しろ文章が煌《きら》めいているのだ。その人が顔つき寄せて「私の手足になってもらえる?」と訊く。え? 何? 何が始まるの? と、ときめいた。

いつのまにかスタイリストに

才気あふれる文章を書く三宅菊子さんの突然の呼びかけにぼうっとしているところへ淀川美代子さんが来た。そして「三宅さんが〝アンアンねーさん〟となって読者のモノ探し相談に乗る新しい連載が始まるのよ。その手伝いをしてほしいの。雑貨が好きなんだからできるでしょ」と言った。

例えば、フランス映画でよく見るカフェ・オ・レ用のボウルとか、白くて丸い陶器のドアノブとか、普通の店ではなかなか見つからないモノはどこで買えるか、という質問を作り、それを探してみせるのだと言う。経過と結果をレポートにして三宅さんに渡し、それをもとに三宅さんが〝アンアンねーさん〟として原稿にする。つまり手足になるとは、モノを探し、取材して、撮影して、レポートを書くことだった。

レポート書き？　と尻込みすると、三宅さんは「探す途中どんなことがあったかを私に手紙を出すつもりで書けばいいのよ。文章はヘタでもいいよ、ただし面白くなきゃダメ」と言い、ぷはぁ～と煙草の煙を吐き出しながら不敵に笑った。

何だかよくわからないまま、モノを探して東京中を走り回り、撮影のために借りまくった。『アンアン』の名刺を出せば高価なモノまで無償で貸してくれることに驚いた。何とか三宅さんを面白がらせようと、レポートである手紙作成に寝る間も惜しんだ。そういうことが、すこぶる楽しく興味深く刺激的だった。

服を探して、集めて、撮影して、返却する。そういう仕事をする人を「スタイリスト」と呼び、『アンアン』にはその代表格の原由美子さんのほか数人若手スタイリストがいた。けれど忙しい彼女たちにモノや家具まで探せとは頼めないと、その役目は編集者やデザイナーが代行していた。そういうところにモノが好き、探すのが好きという人間が現れたのだ、重宝されるのは火を見るよりも明らかなことだった。

太陽が東に昇るように、川は下流へと流れるように、ごく自然に、三宅さんのページ以外でもモノ探しを頼まれるようになった。そのページには三宅さんの黒子ではなく「スタイリスト吉本由美」と表記されていた。

しばらくするとデスクの蝦名《えびな》芳弘さんから「インテリアもやる気ある？」と訊かれ、やったとばかりに頭に血を上げ即答した。インテリアの写真が出来上がると「文章も書く気ある？」と訊かれ、今度はしばし躊躇したものの承諾した。

インテリアのスタイリングとは、企画に合った部屋作りを考え、それにふさわしい家具や小物を探し、集め、セットとして撮影し、返却して、(私の場合だが)その写真に文章をつけることを言うが、私の前にそれを専門にやる人はいなかった。たぶん〝インテリア・スタイリスト〟としてクレジットされたのは私が初めてではなかったか。

『クロワッサン』誕生

１９７６年の初夏、またまた平凡出版から、大学生から20代前半の若者をターゲットにした雑誌『ポパイ』が創刊された。先輩格の『平凡パンチ』に比べると徹底的に〝遊び〟に徹した内容で、創刊号は青年男子の憧れである遊びのメッカ、カリフォルニアからの発信だった。

70年代後半は雑誌と並びファッションも擡頭《たいとう》期で、大から小までたくさんのブランドが誕生した。当然ながら女性誌のテーマは、今のような衣・食・住何でもありではなく、あくまでもファッション中心。モノやインテリアの記事はまだまだシーズンの合間を埋める繋ぎ役でしかなかった。

だからモノとインテリア専門の私に毎号仕事があるわけではなかった。それでスタイリング以外にも、取材&文章のライター仕事やイラスト描きと何でもやらせてもらっていたが、だんだんと楽しくなくなっていった。イラストは、何回か受けているうち（自分で描いておきながら）自分好みに描けないことに気付いて挫折した。ライター仕事にしても、対象がモノに関して部屋に関して以外になると、とたんにやる気が薄らいでいく。服のオフシーズンに回ってくるスタイリングの仕事にすら、初めの頃はあれほど燃えた

〝たくさん集めて見せる〟やり方に疑問を抱くようになった。

つまり飽きたのである。仕事慣れしてしまったのだ。たった数年手を染めたくらいでよく言うよ、と思うけれど、そもそもこの仕事、やりたくてやったわけではなかった。周囲から後押しされてころころとそこへ転がって行っただけだ。では、自分が本当にやりたいことっていったい何か。遅まきながらその頃になって考え始めた記憶がある。

そういうとき『クロワッサン』の立ち上げ話が聞こえてきた。『アンアン』の〝年長版〟を作るというのだ。『アンアン』創刊当時若かった読者および編集スタッフも今や30歳前後。結婚して家庭を持った人も多いだろう。だったらそれに見合う雑誌を作ろうじゃないか、というのである。面白そうだ。

トップは別としてスタッフはその年代の連中が『アンアン』からごっそり移った。フリーランスにも打診があって、私も移動組になった。そして誰かさんが大事にしているモノを取材する定例ページをいただいた。

ニュー・ファミリーという今思えば気色悪い言葉のもとに、新しいライフスタイル誌『クロワッサン』は1977年4月に創刊され、予測どおりに話題を呼んだ。私もしばらくはライター仕事に打ち込んで、取材と文章の腕を磨くつもりになっていた。

未知の世界に入ってみた——角川映画と松田優作

『クロワッサン』がスタートして間もない頃、20世紀フォックスの試写室（『スクリーン』を辞めたあとも試写室通いは続いていた）で宣伝部のF氏に「話がある」と声を掛けられた。食事をしながら聞いた話はこうだ。

知り合いの角川春樹が角川書店とは別に映画専用の事務所を作り、その作品の宣伝も兼ねた映画雑誌を出そうという話がある。それを手伝ってくれないか？

あまりに唐突なお誘いに料理が喉に詰まりそうになった。すでに編集長には『キネマ旬報』から引き抜いたB氏が決まっており、残り二人の編集者を探していると言う。いや、私は『クロワッサン』が始まったばかりで無理だ、と断ったが、『クロワッサン』とかけもちできるよう交渉するから心配ない、と熱心に誘う。

今度の映画は、角川書店の文芸誌『野性時代』に連載された森村誠一の推理小説『人間の証明』が原作で、主演は松田優作でさ。ん？　優作と聞いて角川氏と会う気になった。

翌日角川氏と会い、壮大なる夢や野望を聞かされた。私はフリーランスで、どことどう仕事をしてもかまわない立場だけれど、一応『クロワッサン』編集部には断りを入れ、二足のわらじを履くことになった。

角川春樹事務所は赤坂のホテルニューオータニそばの高級マンションの一室にあった。2LDKのスペースに奥が社長室兼応接室、手前が事務所。そこに常時6人ほどの人がいて、そのうちの私を入れた3人が雑誌の企画に携わっていた。編集長Bさんは朝から忙しく外を走り回っていたが、映画はまだ撮影中で、雑誌もまだ企画の段階、私の仕事はほとんどが新聞記事の切りぬき作業と電話番だった。

ある日、「社長、お電話で〜す!」と叫んだら、にゅっと社長室から顔を出し角川氏がこう言った。「おいッ、ユミちゃん、いいか、これからは春樹さんと呼べ、春樹さんと!」。映画作りの現場で「社長」と呼ばれるのはお気にめさなかったらしい。しかし社長を春樹さんと呼ぶのには、いつまでもなじめなかった。

別の日には、玄関ドアが乱暴に開き、猫背黒ずくめの大男が無言でずんずん入ってくるので「すわ、不審者か!」と身構えたら、松田優作その人だった。「社長いる?」と訊く。〝春樹さん〟とこれから打ち合わせらしい。なんだか映画のような世界に来ちゃったなあ、としみじみ思った。実際、映画の世界なのだけれど。

１９７７年10月に角川映画第二回作品『人間の証明』が公開された。毎朝届く新聞7紙と各雑誌の記事の切りぬき作業で腱鞘炎になりかけた。

スタイリストが恋しくなって

『人間の証明』が大ヒットして気を良くした角川春樹社長は、間を置かず、次回作『野性の証明』の制作発表を行った。今度は映画化前提の森村誠一書き下ろし小説が原作。主演は高倉健さんで、重要な役所である少女は一般公募してオーディションして決めることになった。

オーディション会場はホテルニューオータニ……だったかと思う。受付を手伝ったが、たくさんの美少女が並ぶ中、私が唯一顔と名前を覚えられたのが薬師丸博子ちゃんだった。当時13歳だったかな、中学校の制服で来ていた。名前も個性的だったし、まん丸な顔も目を引いたが、黒曜石のように黒く輝く眸の聡明さがただ者ではない印象だった。受付ながら一人の女優の誕生の瞬間に立ち会えたのは、私の数少ない自慢の一つだ。

雑誌の方も『バラエティ』という誌名で歩み出していた。角川映画および他の邦画洋画のページは編集長と編集部員Ｋ君が担当し、少ない人手で寝るヒマもないらしかった。

私は「ハッピーデイズ」というタイトルの、グラビアページを受け持って、編集者としてカメラマンやスタイリストに仕事を発注、企画、取材、撮影、（デザイナーが忙しいときは）レイアウト、文章書き、を一手に引き受け、こなしていた。図に乗ってスタッフ全員自費のカリフォルニア・ロケなんかも敢行した。それは私初めての海外旅行でもあった。

77年か78年かは定かでないが、深夜の大日本印刷校正室で編集長が倒れた。椅子ごと昏倒し、呼んでもさすっても返事がない。私一人しかいなくて焦った。すぐに救急車を呼び、私も乗り込み、慶應大病院救急受付まで搬送して貰った。医師が数人駆けつけて「なんでこんなになるまで働かせるのか」と私に詰め寄ったが、そう言われても部下の私に何と返答できようか。

編集長の卒倒は超の付く全身疲労が原因だったらしい。休養やむなしというので応援に同じ角川書店の『野性時代』編集長や編集部員が来てくれた。今や幻冬舎社長で名高い見城徹氏もその一人。さすがの手腕で危機を救ってくれたのだが、私は限界を感じていた。『バラエティ』という雑誌の限界、それに携わる人間の体力的な限界、そして私の個人的な限界。

　その頃は、街に出てウインドーに素敵なモノを発見するとやたら撮影したくなっていた。女性誌のインテリア・ページを見ると、自分ならこういう風にするぞとコンテなど描き始めていた。スタイリストの仕事が恋しくなっていたのだ。

いきなり遠距離通勤

　1979年のいつ頃だったか、詳しい経過は覚えていないが結局編集長は降板して『バラエティ』の前途があやしくなり、スタイリスト職に復帰したくなっていた私には好機到来。すんなりと角川春樹事務所を辞めることができ、さあこれからは本気でスタイリングに取り組むぞ、と奮い立ったところに……なんと引っ越し話が持ち上がる。高田馬場の道路拡幅工事の開始で、家の取り壊しが決まったのだ。

　引っ越すといっても、そのときは犬のジェスパに灰色猫のココ、片目の白猫メメ、ココの息子の黒猫ブッちゃん、途中参加の茶トラ猫ハチという大所帯で、簡単にできることではない。転居先探しに難儀して、仕事どころではなくなった。

　探し疲れたある日、友だちの家に遊びに行ってグチっていると、彼女「こっちで探してみたら」と軽く言う。こっちとは東京の郊外にある小金井市のことだ。東京の通勤圏内だが快速電車で新宿まで片道30分は要するから、考えてもみなかった。毎度大荷物を抱えたスタイリストに遠距離通勤はつらすぎる。けれど、昔から口より先に動く友だった。私に迷う自由はなかった。近所に一軒心当たりがある、と連れて行かれ、その日のうちに転居先が決まり、アッという間に引っ越しとなった。

いったん家を出ると夜まで帰れない遠距離ゆえ、ジェスパはドワネル君が神宮前の実家で世話をすることになり、郊外の古びた一軒家で私と猫4匹との暮らしが始まった。夜は疲れ切って駅に着く。家までのルートの途中には左右が造園業の畑という難所があって、漆黒の闇が待っている。そこを痴漢防止に大声で歌いながら駆け抜けるのだ。こりゃあ熊本より田舎じゃないか、と思いながら毎晩走った。

通勤の苦労を除けば仕事は順調だった。１９８０年の初めあたりから『クロワッサン』編集部では〝探してもないのなら自分たちで作ろう〟と〈クロワッサンの店〉設立の計画が進んでいた。モノに一家言ある編集部員や私のような立場の連中で会議を繰り返し、〝自分たちが欲しいモノ〟の構想を練り、作り手を探し、時間を掛けて試行錯誤を重ねていった。

〈クロワッサンの店〉のスタートを10月に控えた１９８１年の６月、前哨戦として『クロワッサン』の雑貨特集号（同年6月25日号）が出る。雑貨だけを大々的に取り上げた雑誌は初めてだ。〝雑貨〟という言葉を今までの〝荒物〟から〝生活道具〟へと変貌させた一冊だ。お釜の表紙が衝撃的だった。もちろん売れた。みんなこういう雑誌を、内容を、待っていたのだ。

週末は思いきり郊外族に

１９８２年はフランスの『ELLE』誌を国内編集した『エル・ジャポン』と『ポパイ』の女の子版『オリーブ』が立て続けに創刊され、平凡出版を巡る雑誌の世界は今や

『クロワッサン』表紙
1981年6月25日号

『クロワッサン別冊』1983年11月19日号より。欧州へ買い付けの旅

頂点に達しようとしていた。

〈クロワッサンの店〉はその前年の10月、郊外都市では最も大きな町田市の東急百貨店に1号店をオープンした。『クロワッサン』の読者層はニュー・ファミリーだ。ニュー・ファミリーの多くは郊外に暮らす。理にかなった場所選びである。偶然ながら自分も郊外族の一員となっている。であればと、モノ探しや商品開発の手伝いに没頭した。

その年の12月、『クロワッサン』で「雑貨に夢中」の連載ページをいただく。毎号1点、これはというモノを探して紹介。モノも文章も自由自在。モノ探しのプロの手腕を発揮するに最高の場所ではないか。今までの、ただただ集めて値段と店の紹介に終わるのではなく、一つ一つをていねいに、その良さ、魅力、エピソードをまじえ紹介する。愛しのモノをデビューさせる……こういうことをやりたかったのだ！　と、心底嬉しく、やる気が爆発した。

翌年82年の1月、〈クロワッサンの店〉初めての海外買い付けにロサンゼルスに行った。アメリカの質実剛健な日用雑貨とシンプルで機能的な文房具はロスにあり、と、アメリカ映画から学んでいたから探しがいがあった。大きな倉庫から下町の食器屋まで探し歩いた。楽しい仕事のはずだったのが、ちょうど〝三浦和義ロス疑惑〟の最中で、気持ちのどこかに影が差していた。私は三浦氏と面識があるのだ。氏は〈フルハムロード〉という輸入雑貨屋をやっていて、幾度か撮影物を借りている。だからロス市内の夫人の襲撃現場に近づくたび（近くの日用品の倉庫に用があった）暗い気持ちにさせられた。

私生活では、猫のハチとブッちゃんが他界して落ち込んだ。遠距離通勤の疲労困憊も変わらずだった。けれど週末の郊外暮らしは快適で、思いがけない新生活は満面の笑みを生んでいた。

毎週末、ドワネル君とジェスパが車でやって来る。夜は友だち一家とその隣の仲良し一家、そこに私とドワネル君も参加して、飲んで食べた。みんなで花見をしたり、海の別荘に行ったり、キャンプをしたりした。子供たちの賑やかな声に包まれて、まるでテレビ・ドラマみたいと笑った。

特注のロードレーサーを購入し、どこまでも平らな武蔵野台地を駆け回った。井ノ頭通りを吉祥寺まで突っ走って、自然文化園にいるゾウのはな子にたびたび会いに行った。同年輩ゆえ他人とは思えないのだ。実に楽しい日々だった。

1983年の秋、〈クロワッサンの店〉の買い付けの第二弾でドイツ、フランス、イタリアへ行く。今回はライターの池田葉子さんとの楽しい二人旅だ。といっても編集者、カメラマン、スポンサーである東急百貨店のバイヤーの方々に囲まれていたが。工事中だった銀座の新社屋も完成して、社名が平凡出版からマガジンハウスに変わった年だ。

結局都心に舞い戻る

小金井生活も4年目を過ぎると、郊外暮らしの楽しさよりも遠距離通勤の苦労が重みを増して行った。

持てないほどの大荷物や深夜に及ぶ仕事のときは編集部からタクシー券が出るのだが、基本は電車通勤だ。マガジンハウスに行く場合、JR中央線と地下鉄乗り継ぎで片道およそ1時間半。大荷物で朝のラッシュに揉まれるのもつらかったが、終電の酒と汗と煙草の臭いの充満する中、赤い顔をしたおじさんたちと並んでコックリ舟を漕ぐ自分の姿は耐えがたかった。

さらに遠距離は、結婚という目標のない関係にも響いた。互いに仕事が忙しくなったこともあり、遠距離5年目あたりでドワネル君との仲は自然解滅し、ジェスパにも会えなくなった。

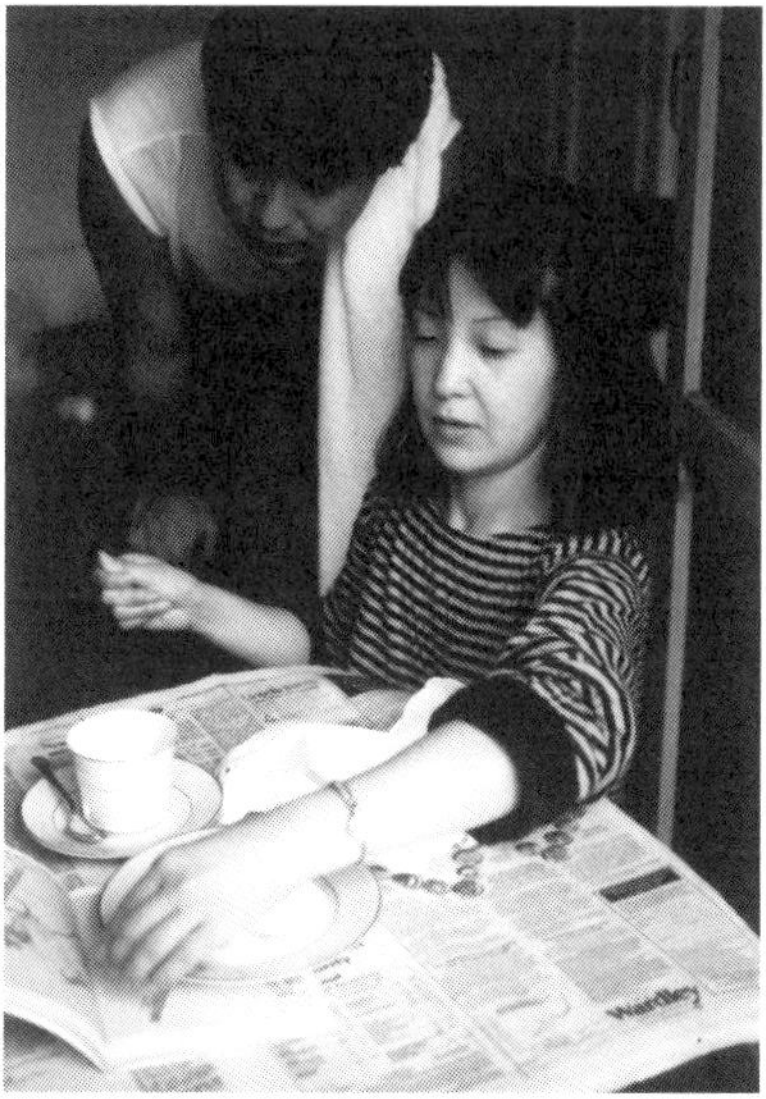

『アンアン』の撮影セッティング

『オリーブ』のスタジオ撮影

けれど仕事は充実していた。83年の9月には初めての単行本『暮しを楽しむ雑貨ブック』をじゃこめてい出版から出した。『クロワッサン』編集部に自分専用の机をもらい、『クロワッサン』、『別冊クロワッサンの店』、『アンアン』、それまでの女の子情報誌からロマンチックな少女雑誌へと方向転換した『オリーブ』などのスタイリング仕事にひたすら励んだ。マガジンハウスと専属契約しているわけではないが、他の出版社の仕事を受けているヒマはなかったのだ。まさに30代、仕事盛りのときだった。

それで1985年の春、都心に戻った。遠距離通勤でロスする体力と時間を思えば家賃が多少お高くなるとしても都心がいい。4匹いた猫も残るは老猫2匹で静かなものだから共同住宅でも大丈夫だろうと、街中のお寺の敷地に建つマンション6階東北角部屋に入った。銀座には地下鉄で10分、六本木で酔っぱらっても徒歩15分で帰宅可能な場所である。ついに通勤地獄の呪縛から解放されたのだ。心に生まれたゆとりは他の何とも代え難いものがあった。

1年前に手に入れたチェロも一緒に都心のマンションで猫と暮らす……。子供の頃の夢が実現しつつあるとほくそ笑んでいたその年の8月12日の夕方は、近所の焼肉屋に行くため部屋で友だちを待っていた。暑いのでベランダに出て、広い空を見渡しながら一足先にビールを飲んだ。西の空が朱色に燃えていた。不吉にも思える異常なほどの鮮やかさだった。

そして焼肉屋のテレビで知る。日航ジャンボ機が群馬方面で行方不明になっていると。墜落したようであると。あの炎のような空のもとで想像を絶する恐怖が展開していたと。肉を食べている場合ではなかった。箸の運びは滞り、暗い気持ちでレタスを齧《かじ》った。

肌荒れかと思ったら

マンション住まいは快適だった。仕事では素敵な部屋作りを提案している人間が、実際はボロボロの古い家に住み、みみっちいインテリアでお茶を濁しているという事実は、言うに言えない屈辱だったのだ。それが快適な新築マンションに移ったことでやっとみんなと同じ土俵に立てたことになる。俄然部屋作りに燃えた。

わずかだが使うヒマがないため溜まっていたお金を注ぎ込み、ウォーク・イン・クローゼット、鎧戸付きの収納棚、キッチン・カウンターを取り付けて、「してやったり」と溜飲を下げた。１９８６年の1月には、耳が聞こえない、目が見えない、啼きやまない、という原因不明の病で狂ったようになっていた灰色猫のココが他界し、同居は片目の白猫メメだけの静かな日々になる。

反面仕事は多忙を極め、この時期は『オリーブ』、『エル・ジャポン』の撮影が続いていた。新しい『オリーブ』の編集長が『クロワッサン』で雑貨ブームを作った蝦名さんだったからオリーブ少女の部屋作りというページが増え、それを一手に引き受けた。昔々『ジュニアそれいゆ』を見て思い描いていた〝お部屋作り〟を実際にやっていると思うと知らないうちに鼻歌が流れた。

仕事の中で私がいちばん好きなのがコンテ描きだ。こうしよう、ああしよう、とモノや構図を考えて描いているとすぐに朝になる。次に好きなのが撮影だ。頭の中で考えていたことが形になるのだもの、わくわくしないでいられようか。たとえ寝ていなくても撮影の日はやたら元気が出てしまうのだった。

ところが6月頃、顔に吹き出物ができた。右の顎から目尻に向かって毎日ぽつぽつと小さな火山のようなものが増え続ける。それがやたらと痛いのでエステティックの門戸を叩くと、「これはうちより病院へ至急行った方がいいですよ」と言われた。で、近くの北里大学北里研究所病院皮膚科へ行くと、すぐに内科、神経科の先生方が顔を出され、寄って触って診てくださり、「即刻入院!」と宣告された。

病は重度の帯状疱疹で、目に入ると失明の危険があるため緊急入院となったのだ。痛みと高熱にうなされて、1週間ほど、午前と午後、1本3時間はかかる点滴を打ち続けた。原因は疲労とストレスだという。疲労はともかく自分にストレスがあるとは思ってもいなかったから驚いた。あんなに仕事を愉しんでいたはずなのに。

その年の9月、2冊目の単行本『吉本由美〔一人暮し〕術・ネコはいいなア』が晶文社から出た。翌1987年3月には『クロワッサン』の連載をまとめた文庫本『雑貨に夢中』が新潮社から出た。

同6月、行きつけのバーで隣の公園で生まれたという仔猫を見せられ、酔っぱらった勢いで連れ帰りボタンと名付けた。途中でシャツのボタンを食いちぎったからだ。前代未聞の活発な仔猫で、当然ながら先住者のバア様猫を憤慨させた。けれど私はこのコの登場をきっかけに、何か新しいことが始まるような気がしていた。

5 暖簾を下ろして筆一本 90's

文筆活動にシフトする

１９８７年はデスク作業に重点を置いた。中でも編集者Ｋ氏の作る個性派文芸誌『LE』の仕事は、マガジンハウス以外の雑誌では初めて受け持つ連載だから、毎回愉しく、力が入った。

当時Ｋ氏は村上春樹さんと懇意にしていて、『ノルウェイの森』が世に出る直前だったか、Ｋ氏と千駄ケ谷の和食屋で食事をしているところに偶然村上春樹・陽子夫妻が現れて紹介された。初対面だが同じヤクルト・ファン。すぐに親しくなった。

88年の春、猫たちのためにはやはり〝お日さま〟は必要と、北向きの部屋から目黒区東山の二方が窓という古いマンションの3階に引っ越した。天気のいい日は大きな窓から陽が燦々と降り注ぎ、メメは一日中うとうと眠り、ボタンはすくすく成長し、私はせっせと机に向かった。

おかげで90年には『嘘つき鏡』『じぶんのスタイル』の2冊のエッセー集を出せた。91年には前年『月刊カドカワ』『小説新潮』に書いていた小説がそれぞれ『ひみつ』『コンビニエンス・ストア』というタイトルの単行本になって出版された。

その頃もまだ、スタイリストを続けるか筆一本に賭けてみるかと悩んでいて、思いあぐねて手相観の日笠雅水《ひかさまさみ》さんに観てもらった。彼女から「あなたは好きなことをドンドンやって大丈夫」と言われたのは心強かったが、「98歳まで生きる」とも言われて愕然とした。老後のことなど何も考えていなかったのだ。

92年の秋は、映像制作会社テレコムスタッフのN氏からテレビ番組への出演依頼が来た。驚いてわけを訊くと、「この前三浦さんと『アンアン』でしゃべっていたでしょう？　暮らしのことをだらだらと。あれをテレビでやってみたいんですよ」と言う。三浦さんというのは友人の写真家三浦順光さんのこと。「お二人で雑談してもらい、合間に選りすぐりの音楽と物撮りカットを入れ、雑誌のグラビアのような番組を作りたい」

らしいのだ。

N氏は優秀な番組に与えられる賞を何度も取っている才気溢れるディレクターである。彼の熱意と〝テレビの雑誌化〟という言葉にほだされて、結局OKした。

予算が少ないため撮影現場は道端や公園になった。1回目の収録は10月10日だった。朝早くに出かけ、暗くなって帰宅すると、出かけるとき撫でたままの形で老猫メメが息を引き取っていた。享年21歳、猫としては大往生だ。私の初仕事を祝ってくれたのかもしれない。この番組は深夜放送ながら意外に多くの人が観ていて、それ以降似たような番組がいくつも登場した。

神宮球場のそばにお引っ越し

スタイリストの暖簾《のれん》を完全に下ろせたのは東山に移って3年目あたりだ。あれほど好きだったスタイリングの仕事だが、『クロワッサン』が火を付けた雑貨ブームは結局モノに溢れた世の中を作り、読者の購買欲を煽るような自分の仕事に嫌気が差した。おかげで在庫が全部はけました、感謝してます、と揉み手する中小メーカー、今度こういうものを作ったので取り上げていただきたい、と上から目線の高級ブランド。こういう企業の手先にだけはなりたくないと強く思い、アシスタントの独立を待ってスタイリストを廃業した。

同じ時期、弱いことが当たり前だったわがヤクルトスワローズも脱皮しかけていた。1990年、ノムさんこと野村克也氏が監督に就任、新人の古田敦也が正捕手になり、俊足の捕手飯田哲也が野手にコンバートされ走りまくると、みるみる勝ちが増えた。ノムさんの説教とID野球が、万年Bクラスの弱小チームを勝利に飢えたやる気チームへと変身させたのだ。

翌年には広沢克己打点王、古田首位打者獲得で、BクラスからAクラスへ躍り出た。すると我慢できなくなって、球場通いのため東山から神宮球場そばのマンションへ引っ越した。その6階の部屋の窓からは球場のナイター照明が見えた。夕方それに灯が入ると、もう仕事が手に付かなくなり、中断して球場へ走った。いつでも観ることができるように、女4人のヤクルト・ファン仲間で年間シートを購入していたのだ。うまく分配し、交代で誰もが毎カード応援に行けた。

スタイリストを辞めたからこそやれたことだった。

93年、『ナチュラルノート』と『We are not alone　何ひとつ知らなかった』という

2冊の小さな本を出した。直後の8月某日の夜中、胃の辺りと背中に激痛が走る。あまりの痛さに寝ても起きてもいられず、朝を待って体をくの字に曲げながらタクシーを止め、四ツ谷の胃腸病院へ駆け込んだ。するとここでも即刻入院で、今度の病名は〝胃潰瘍からくる急性膵炎〟。「よく血を吐かなかったなあ」と医者が驚くほど、胃カメラで見た自分の胃の中は真っ赤だった。

今回も疲労とストレスが原因という。でも、なんで？ と思う。こんなに野球ライフを愉しんでいるのにどうしてまた？

95年の1月17日には阪神淡路大震災、3月20日には地下鉄サリン事件が起きた。私はその年『だから猫はやめられない』、翌年『道草散歩』『かっこよく年をとりたい』と立て続けに本を出した。そして48歳となったとき、〝バーテンダー〟というまったく別の世界に首を突っ込んだ。ウディ・アレンが可笑しかった『何かいいことないか子猫チャン』ではないが、何か面白いことをやりたかった。

酒場と旅の二足のわらじ

短命かと思っていたら手相観の日笠雅水さんに「98歳まで生きる」と言われ、急遽将来のことを考えたのだ、そんな長い人生なら、デスク仕事のほか何かやれないだろうか、と。浮上したのがバーテンダーだった。長年客として酒場に通い、店それぞれのバーテンダーの所作仕事ぶりを眺め愉しみ、機会があったら自分もカウンターの中に入ってみたいと思っていた。おばあさんバーテンダーに憧れていた。

それで60歳になったら自分の店を持とうと考えた。それが無理ならバーテンダーとしてどこか良き店に勤めよう。ならばそれまでにお酒や酒場の基礎知識をさらに深くより広く身に付ける必要がある。それには修業だ、バーテンダー修業だ！　と一人盛りあがって、48歳になったのを機に友だちの親友の店に雇ってもらった。

そこは恵比寿にある〈モーヴ〉という、12人も入れば満席になる小さなバーで、オーナーでバーテンダーで料理人の青木裕司さんが一人でやっていた。あくまでも書き物が本職なので週2回、火曜と金曜の夜7時から午前2時まで入らせてもらったのだが、これが楽しくてしかたがない。お酒とカクテルの種類とお客さんの顔を覚えることに夢中になり、あまりに面白いので〝おつとめ〟2年目あたりから雑誌『太陽』に「今夜もバーテン見習い」というタイトルでエッセーを書き始めた。

１９９６年2月から、インテリア誌『エル・デコ』で映画のコラムを始めていた。担当編集者のカモちゃん（鴨澤章子さん）に、97年の春、彼女の住んでいるマンションの「1階の庭付きの部屋が空きましたよ。来ませんか?」と誘われて引っ越した。そこは港区白金台の坂の途中に建つ古いマンション。和風の小さな庭も良かったけれど、それより何より互いに〝猫世話〟し合えるなんて最高じゃないか——。7階に住む彼女も1匹猫を飼っていて出張が多く、私もこの頃から旅の仕事が増えた。この上ない好条件に即座に越した。

旅の仕事というのは、前出の『道草散歩』に収録した近江八幡と高知の楽しかった旅行記に味を占め、同じ顔ぶれ（写真家の三浦順光、編集者の小湊雅彦の両氏）で、さらに日本のはしっこを旅してみようという企画である。その第一弾は北海道。北海道へ行くなら冬、と固く信じているので、寒さもピークの97年2月に行った。

釧路の湿原やタンチョウを堪能したあとは、憧れの釧網《せんもう》本線に乗って銀世界を縦断し、網走まで流氷を見に行った。白くて寒くて可笑しい毎日。もうあんな楽しい旅はできないだろうな。

バー〈モーヴ〉にてバーテンダー修業

「東京するめクラブ」発足

２０００年には、20世紀から21世紀へ、移り行こうとする東京の街をモチーフに、写真とのコラボで綴る短編小説集『今わたしの居るところ』を上梓した。涙が出るほど地味な話で、まったく売れなかった。

01年の２月26日にボタンが死んだ。凄絶な死だった。せっかくの庭付きだからと出入り自由にしていたのだけれど、２月12日の夜、車に轢かれたか裏の崖から落ちたのか、ずたぶくろのようになった下半身を引きずって帰ってきた。夜中だったが近所の動物病院に走り、診てもらうと背骨が折れているとのことで、翌朝大きな病院へ転院。ＩＣＵに入ったまま２週間後に息を引き取る。

悲しかったが安堵もした。30年ぶりに人間一人きりの生活になるのだ。ボロボロの家具も買い替えられるし、心おきなく旅にも出られる。

と、思ったのもつかの間で、５月21日の深夜、庭に黒猫が現れる。首輪をしていたが放浪中らしく飢えた様子で、飼い猫ならば保護しようと家に入れた。近所の電柱という電柱すべてに「迷い猫預かってます」のポスターを貼り、ネットの迷い猫掲示板にも出したが何の連絡もない。結局そのままわが家の猫に。愛猫クッちゃんが誕生し、再び猫との生活が始まった。

02年は忙しかった。3月にはNHK『課外授業 ようこそ先輩』の収録で、41年ぶりに出身校熊本市立大江小学校へ行く。給食嫌いであれほどつらい小学校生活を送った人間が皮肉な話だ。が、今度も例の腕利きディレクター、テレコムスタッフのN氏に口説かれてその気にさせられたのだ。テーマは〝かわいいを探して雑誌作り〟。小5のみんなの能力に驚いたり感心したりで楽しかった。

5月は可愛がっていたノラ猫ミケヤマが4匹の子供を産んで庭に連れてきた。しばらくは緑一色の庭で親子の幸せな時間が流れた。七夕の夜、一家を家に入れた。翌日の夜、ミケヤマが轢死した。急遽仔猫たちの3匹が友だちに引き取られ、ミケヤマによく似た1匹を「コミケ」と名付けて手元に残した。クッちゃんとの相性はバツグンだった。

8月、村上春樹さん、編集者で写真家の都築響一さん、そして私の三人で「東京するめクラブ」を発足。普通だけれどちょっとヘンな場所を三人で旅するシリーズが、雑誌『タイトル』で始まった。1回目は名古屋で、その摩訶不思議さが相当面白かったが、私の好みは何と言ってもサハリンの旅だ。2003年の7月に行ったのだけれど、荒涼とした街中と豊かな北国の大自然に魅了された。

心は地方へと揺れ動く

２００３年の３月には三浦順光・小湊雅彦・吉本由美の三人旅をまとめた『日本のはしっこへ行ってみた』を上梓。まだまだ三人でいろんな僻地を巡ってみたかったが、その頃から私の肩には〝遠距離介護〟という五文字が乗っかり、時間の捻出がきびしくなってきた。

認知症の症状が出て来た父、足腰が弱った母。二人の代わりに介護保険の申請やケアマネジャーおよび介護施設探し、ヘルパーさんとの介護計画などのやりとりでたびたび熊本に帰らなければならなくなった。

それでも週に１度（週2から金曜日だけにしてもらった）のバーテンダー修業は続けていたが、翌２００４年についにギブアップ。体力と記憶力の減退はどうしようもなく、泣く泣くバーテンダーになる夢を閉じた。10年近く修業してものにならないんだから素質がなかったというほかない。修業している状態に満足して、その先に行く気概が持てなかったとも言えるが。

その年の11月には「東京するめクラブ」で行った旅行記『地球のはぐれ方』が出た。

さすが村上春樹の力、で、初版の部数の多さにびっくりする。三人でシェアしたはずの印税も、いつもの何倍もの額である。これはもう、春樹さんに足を向けては寝られなくなった。

はしっこの旅とするめ旅行が終わったせいか、胸のあたりをすきま風が吹くようになる。どこかに行きたい、東京を離れたい、なんにもない景色を見たい。相変わらず遠距離介護は続いて東京—熊本を行ったり来たりはしていたが、そうではない、自分とはまったく関わりのないところへ行きたくなっていた。

だから2007年から始まった雑誌『旅』の〝動物園と水族館をめぐる旅〟という仕事は、動物園水族館が三度の飯より好きな私にとって盆と正月が一緒に来たような出来事だった。月に1回、日本のどこかにある動物園や水族館に行けるのだ。これ以上の喜びがあるだろうか。連載が始まる少し前に黒猫クッちゃんに病死され、かなり落ち込んでいたのだけれど、その仕事にだいぶ癒やされた。

東京暮らし44年の暖簾を下ろす

兄、弟、私で順繰りに帰る比較的楽な遠距離介護も、2008年に入ると様子が変わった。父が、母が、階段から落ちた、ベッドから転げた、肺炎になった、骨折した、などの緊急連絡が頻繁に入り、慌てて帰ることが増えた。緊急の場合、会社勤めの兄や弟は無理なので、たいてい私がドタバタする。そのため体重が1キロ減った。わずか1キロかもしれないが、チビの私には大きな数字だ。帰郷の文字が大きく浮かぶ。

旅行の仕事が増えたこの十数年は、日本各地を歩くたび〝この土地に暮らしてみたらどうだろうか〟と思いをめぐらす脳内構造になっていた。未知なる土地に惹かれていたのだ。だから、行ったり来たりの苦労はあっても熊本に帰る気持ちにはなかなかなれない。

この年の晩秋からウェブサイト『ほぼ日刊イトイ新聞』で、路傍に生きる雑草の名前を植物にくわしい方から教わるという「みちくさの名前。」シリーズが始まる。それを言い訳に、〝帰郷〟の二文字は封印した。

2009年夏、動物園と水族館をめぐる旅が『キミに会いたい』というタイトルで単行本になる。本が出ると両親に送るのがいつものことだったが、その年はできなかった。二人とも介護度が上がり本など読めない。そしてそのおかげというのも変だけれども、申し込んでから何年も待機となっていた特別養護老人ホームに二人一緒に入所できた。家に帰って二人がいないのは寂しかったが、ホッとしたのも事実だった。

　それからは施設との事務手続きもあり、定期的に家に帰った。窓を開け風を通し掃除する。必要な物を買って両親に会いに行き、しばらく過ごす。再び窓を閉め電源を切り鍵を掛け門を閉じる。タクシーを待つ背中に、住む人の誰もいなくなった家の孤独がひしひしと伝わってきてつらくなる。こういうことを繰り返すうち、だったら自分がここに住む方が楽ではないか、と考えるようになった。

　このことを大橋歩さんに相談すると、「それがいいと思う。帰ったら〈ギャラリーMOE〉に行けばいいよ」と助言してくれた。仲良しの雑貨店〈Zakka〉オーナー吉村眸《ひとみ》さんに告げると、横で聞いていたご主人の写真家北出博基さんが「だったら〈オレンジ〉に行けばいいよ」と旗を振ってくれた。熊本に親しい人のほとんどいない私には、その二つの言葉が大海原にぷかぷか浮かぶ水路標識のように思えたものだ。

　2010年の冬、村上春樹、都築響一、和田誠、安西水丸さんたち映画好きとの対談集『するめ映画館』を刊行した。それを機に、東京暮らしの暖簾を下ろす決意を固めた。62歳だった。

「自分の町」といえる場所

30年以上も大都市で暮らしたから次は小都市に住んでみよう、まだ元気のあるうちに、好奇心と体力がまだ残っているうちに、と、考え出したのは10年くらい前のことだ。知らない町を暮らし尽くしてみたくなった。だからここ10年の旅のすべてが移住先のリサーチを兼ねていて、中でも、町もいいし食べものも旨い、帯広、高知、小倉での暮らしのプラン作りには熱が入った。

けれど結局は生まれ故郷の熊本に帰ることにした。移住先リサーチの10年は遠距離介護の10年でもあり、両親の介護で幾度も帰郷しているうちに、だんだんと、この熊本でいいような気持ちになっていったのだ。

18歳まで過ごしたとはいえ、当時の熊本の町の記憶は薄い。熊本城を中心に作られた古い町なので、時が移っても根こそぎ変わってしまうということはないけど、それでも子供の頃の小さな世界を超えて見知らぬ世界がここにもあるのを知ったとき、とても新鮮な気分になった。その勢いで帰ることにした。

故郷回帰計画を真っ先に喜んでくれたのは大橋歩さんだった。40年も前からのご縁が今も続いて、ときどきお会いする。熊本に帰ると言うと「それはすごくいい選択だと思う」と言ってくださった。ご自身も故郷の三重でしばらく仕事をされていたとき、親しみというか、言葉にはできないやさしさに包まれたそうだ。「それが生まれ育った自分の町の空気ってことかも。だから帰ってみるのもいいことよ」。

歩さんにそう言われると勇気百倍。引き留める人もいたが振り切って飛行機に乗った。ちょうど大震災で故郷をなくした人がたくさん出た頃で、申し訳ないような思いを抱えつつ。

とはいえ帰っても具体的に親しい人がいるわけでもなかった。しばらくは「街」に出ることもなく、口を利くのはスーパーの配達係りの人か電気屋さんか町内会のおじさまおばさま方くらい。老人会に誘われて思わず参加したこともある。人恋しかったのかも知れない。

それでも日が経つにつれ、東京から友だちが遊びに来るようになった。これを機会に熊本を旅しようと張り切って来る。せっかくの「友来たる」だからこっちも張り切り、最大級の「おもてなし」を目指して事前勉強などをする。「街」を歩いておこう、お城を調べておこう、東京人に自慢できるようないい喫茶店はないだろうか、この路地抜けたらどこへ出るんだ？　郷土料理はこっちかあっちか……。などとやっているうちに、町がぐんぐん近づいてきた。

「おもてなし」の準備をしていく中、いつの間にか顔見知りもできて、夏には初めて街中で「ヨシモトさーん」と手を振られた。それまでは地元に友だちもなく、「街を歩いても一人」なんて尾崎放哉《ほうさい》みたいにぼやいていたのが何歩も前進。嬉しかった。そして帰郷後10カ月も過ぎようかという今は、友だちから知り合いまで何人かの顔を思い浮かべ、今日は誰に会いに行こうかと選べるほどにまでなった。とても嬉しい。

結局、町の魅力、土地の引力は人なのだ。大都会東京は大きすぎて、最近の私には親しい人がどこにいるのか判らなくなったきらいがある。見えるところに「人」がいて、初めて町の輪郭が浮かぶことを、熊本に帰って改めて知った。

II

あたらしい土のうえで

家に帰って

午睡から覚めると、窓の濃い蒼色のカーテンを透かして淡い光が部屋を海の底の青さに染めていた。枕に頭をうずめたまま、目玉だけぐるぐると回してみる。寝台の左脇の壁に取り付けられた本棚に並ぶ、樋口一葉、夏目漱石、中河與一、森茉莉、原田康子など書かれた本の背表紙、右の壁にかかった東郷青児の青ざめた少女の顔の小さなレリーフ、引き戸が開いた押し入れの上段にかかっている白いシャツなどが目に入り、それは子供の頃から見なれた自分の部屋の光景で、思わず「え？」と声が出た。

一瞬、自分はまだ17歳の高校生で、今長い長い夢から目覚めたような気がしたのだ。両手を顔の上に広げてみた。そこに見えたのはふっくらした少女のものではなく、細かくシワの刻まれた紛れもなき年を重ねたふたつの手だった。当時のままに残された子供部屋のその寝台に62歳の自分が眠っていたのだった。フランソワ・トリュフォー監督の失敗作と言われている『恋のエチュード』の、その長い年月を掛けた恋のラストで主人公のジャン＝ピエール・レオーが車のミラー（だったと思う）に自分を映し「すっかり老人になった」というようなことを呟くシーンを思い出した。

そのように、まるで浦島太郎の気分に陥ったのは、２０１１年の春、東京を離れ住む人のいなくなった実家に戻った翌日の3月14日の午後のこと。荷物の整理に疲れひと休みのつもりで寝台に横になり、寝てしまったらしい。移住計画では1階の和室を寝室にするつもりでいたが、１階は私の引っ越し荷物で満杯で、ここしばらく寝るのは2階の子供時代の自分の部屋に決めていた。自分の部屋といっても18歳で家を出てからはときどきの帰郷の際に使うだけで、空き部屋半分物置き半分という状態。

両親がサ高住（サービス付き高齢者向け住宅）や、そのあと特養（特別養護老人ホーム）に入って家を離れてからあとの帰郷の際は、彼らが寝室として使っていた1階の和室に寝泊まりしていたので、子供の頃から馴染んで今はギシギシ軋むその寝台に寝たのは本当に久しぶりのことだった。だからその日の午後は深い眠りに誘われて子供返りしていたのかもしれない。それで目覚めて驚いたのだろう。

自分の老化に驚いたのち、寝ぼけた頭を左右に振って廊下に出た。南側に面する幅の広い廊下を生前父はサンルームと呼び、趣味の鉢植えをびっしりと並べていた。冬にはガラス戸にビニールを張り巡らせ熊本の恐ろしいほどの底冷えから植物たちを守っていた。帰郷のたびにビニールの張り巡らされた窓を鬱陶しく感じていたが、私も10年後の今は同じことを1階のテラスに住む猫たちのためにやっているのだから血は争えないものである。

帰郷翌日の3月14日のその日には、サンルームの窓の下に広がる枯れた芝庭にぽつぽつと緑の新芽が出ているのが見えた。昔は庭仕事が趣味で毎朝毎夕庭に出ていた父が体調を崩し、世話する人がいなくなると庭はみるみる荒れていった。遠距離介護で両親のいなくなった家に短期滞在し用事を済ませている間、荒れた庭を見ては胸が苦しくなった。昔から頼んでいる庭師さんはご自分も高齢の域に達したせいか作業員の数を増やし、すると剪定《せんてい》料金は倍に膨らみ、年に一度くらいしか頼めない。それでもかなりの高額で、今のところまだもう少しは両親のお金で賄えるにしても、仕事も辞め収入大幅減の私にこの庭を維持することができるのだろうかと不安になる。できるだけ自分がやれることはやるつもりでいるけれど、どこまでできるかはなはだ心許ない。

階下に降りて「コミケや、コミちゃんや」と猫を探す。昨日の〝東京→熊本大移動〟がこたえたらしく昨夜から姿が見えなくなっていた。とはいえ探そうにもダンボールの山がヒマラヤ山脈のように続いて隠れ場所の見当は皆目付かない。床に置いた小皿のカリカリは消えているから取り敢えず生きてはいるらしい。


三日前の3月11日、東京の共同住宅の一室で引っ越しの荷造りをしているとき東日本大震災が起きたのだった。東京の揺れも凄くて、これが長年恐れてきた〝直下型東京大地震〟かと怯えた。あと二日で東京から離れようとしている今それが起きるとは何たる不運、とも思った。しかしその地震の恐怖より、テレビの画面に映し出される津波の恐ろしさに震えた。荷造りも忘れ手伝いに来てくれた友だち二人と画面に釘付けとなり動くことができなかった。

翌日12日は福島第一原子力発電所1号機の水素爆発事故が起きたが、ニュースを見る余裕なくあっという間に一日が過ぎた。何が何やら気持ちの整理が付かないまま13日の引っ越しを迎えバタバタし、その原発水素爆発事故を知ったのは午後のことだ。

14日、原発のその後のことが気になってテレビをつけると、今度は3号機の水素爆発というニュースだったから「えーっ」……とうめいて、唯一荷造り包装を解いている一人掛けソファに倒れ込んだ。なんてことが！　地獄じゃないか！　神なんかいやしないじゃないか！　現実とは思えない出来事に頭がしびれて機能しない。ただただぼんやりしていたら足元に温かいものが触れた。コミケが出て来て「にゃああ」と鳴いた。引っ越し当日、飛行機プラス車の移動でパニックに陥らないよう神経質なコミケは獣医さんから軽い睡眠剤を注射されていた。その効果が続いて昨夜はどこかに隠れ寝込んでいたのだろうか。今はもういつも通りの澄み切った目に戻ってご飯の催促などしている。ああ、母さんは気をしっかり持ち直し食事の用意をしなけりゃならぬね、はい、はい、はい、と猫の食料の入ったダンボール箱を開け缶詰を取り出した。外はもう暗くなっていた。自分の夜ご飯は昨夜同様宅配ピザで済ませるとしよう。

実はそれから先の5、6月までのことは断片的にしか思い出せない。毎日荷を解いていたことは確かだが、どのくらいで荷解きが終わり、買い物先など調べ上げ、新しい日常に入ったのかの記憶が曖昧だ。毎日毎日報道される東北で起きた大災害の実情に落ち込んでいたことは覚えている。これから日本はどうなるのだろうという鬱々とした思いが頭から離れなかった。家族、友人、そして日常を失った人たちのことを考えると、また東京で不安を抱えている兄弟一家や従妹、そして友人たちのことを思うと、遠く離れて安全地帯にいる自分が後ろめたくなった。支援金を送る以外にこんな自分にできることってあるのだろうか。

けれどそういうことを話したくても相手がいなかった。当時の熊本での知り合いといえば、両親が世話になっている介護施設のケアマネジャーさんか老人ホームの職員さんくらいだ。高校時代の友だちで大人になっても付き合いが続いた二人は熊本市から離れて住む。熊本市内にいるはずの同級生も探せば見つかるにせよ長いこと音信不通で、「帰ってきたから会ってよ」なんて言う間柄ではない。電話やメールで東京の友だちと話し込む以外会話がなかった。

ところが4月に入って思いもしないことが起きた。町内会の世話役で民生委員の方から「お花見しませんか?」というお誘いがあったのだ。近くの公園にコミュニティセンターがあって、その前のしだれ桜がもうじき満開を迎える。それを町内会みんなで愛でてお弁当食べましょう、と。町内会のお花見……今まで経験したことがないのでちょっとびっくりしたけれど、よく考えたら東京でも近くの神社のナントカ祭りや町内餅つき大会などに顔を出していたことはいたのだ。参加費をたずねたら「町内会費で賄われるのでいりません」ということだった。来たばかりで町内会費は払っていないと言うと、「まあ、そんなことは。これから払ってくれたらいいんだし」とニッコリされた。

　熊本に戻って初めての人とのつながりにドキドキしながらお花見当日会場のコミュニティセンターに行った。たくさんの人たちが忙しそうに、けれど楽しそうに動かれている。中高年が主体だけれど中には20代とみられる若者もいる。16畳ほどの板の間に、低いテーブルが、座布団が、そしてお弁当が次々と並ぶ。ガラス戸が開かれると目の前に、満開を迎えた中ぶりのしだれ桜が早くも花吹雪を見せて控えていた。

　50人ほどの人が集っていたと思う。民生委員のおばさまが「ヨシモトさんのところのお嬢さんでつい最近戻られました」と紹介してくれ、拍手で迎えられた。拍手だなんて、と照れている私をみなさんニコニコと見学されている。「今までどこにおられましたか?」とか「もうずっとここに住むと?」とか声を掛けて下さる。私も思いきり笑顔になって答えた。老人ホームに両親に会いに行ってもせつない思いで心底笑顔にはなれなかったから、久しぶりの思いきり笑顔だ。

笑いながらテーブルに並ぶお花見弁当に目が丸くなった。コンビニ弁当か良くて仕出し弁当だろうと思っていたので、見た目美しくお味も美味しそうな中身に驚いて「すごい！」と言うと、お隣の女性が「手作りですけんね」とささやかれた。なんと町内婦人会のみなさんがそれぞれ得意なおかずを持ち寄って詰め合わせたものという。デザートも手作りで、確か小ぶりの道明寺と草餅が用意されていたと記憶する。民生委員のおばさま以外は未知の方々ばかりで、よくわからない話にも相づち打っているうちにゆるゆると気持ちがほぐれて、だらんと〝のしいか〟のようになった。あたたかなひとときだ。何だろう、この油断しまくりのような気分。これが故郷のあじわいなのだろうか。

揺れる日々

熊本に戻ってしばらくはほとんど家に籠っていた。少しずつ荷をほどきながら部屋の片付けを進めたが、終日ボーッとして手つかずでいることも多かった。そのボーッとが、津波と原発事故という我が人生最大のショックによるものなのか、あるいは44年の長き東京暮らしにオサラバしたことによる虚脱感、なのかはわからないが、意欲というものがまったく起きないふらふらと魂の抜けたような日々だった。町内会の花見に呼ばれご近所の方々と挨拶を交わしたとはいえ、たまに出かける先といえば近所のスーパーと両親が入所している老人ホームの2カ所のみ。そこへ行き来する途中、「今私は馴染みのないところを歩いているけれどこれって現実なんだろうか?」という、周りの景色をビニール越しに見ているような何とも奇妙な気分に襲われ立ち尽くすこともたびたびだった。とにかく足が地に着かない。心ここにあらず状態。ゆえに記憶も途切れ途切れだ。コミケが独りどのようにして未知の世界に馴染んでいったかさえも思い出すことができない。

ひと月ほど経つと、東京生活最後の仕事となった『みちくさの名前。雑草図鑑』が刊行された。『ほぼ日』の連載記事の単行本化だ。出来上がりが送られて来て、担当編集者の小湊くんとメールでやりとりをしたり、贈呈本のリストなどを作ったりした。すると次第に頭の中の靄《かすみ》が晴れていき、社会に向かって足が一歩前進した。

社会では桜も終わり、おだやかな風に揺られて新緑が眩しいばかりに輝いていた。すでに季節は変わりつつあり、ぼんやりしている間に時は流れたと実感。すると人に会いたくなった。誰かと会ってだらだらと何てことない話を交わす……ような日常行為をもうひと月以上やっていない。週に一度は施設の両親に会いに行っていたが、すでに父親は私がわからず、母親は昔のことばかり繰り返し喋って、二人とも日常会話を交わせる相手ではなくなっていた。でも、何か、無性に、誰かと話してみたかった。

それで意を決し、うちから車でしばらく行った立田山（市内にある自然公園）の麓に住む料理家細川亜衣さんに連絡を入れた。亜衣さん、いや亜衣ちゃんは東京時代の知り合いで、在熊の陶芸家細川護光《もりみつ》さんとの結婚を機に2年前熊本に居を移していたのだ。半年ほど前会食の機会があって「実は熊本に帰ろうかと思っているんだ」と話したら「やったー！」と喜んでくれた。娘ほどに若い彼女だが熊本暮らしの先輩だから、いろいろ教えを請いたいと、帰郷したら連絡を入れる約束になっていたのだ。

突然で迷惑かもと心配したが、連絡したらすぐに自宅に招いてくれ、手料理をふんだんに振る舞ってくれた。〝細川亜衣の手料理〟をふんだんにいただくなんて身に余る幸せである。亜衣ちゃんの料理はパンチが効いていて本当に美味しい。その前の投げやりな食生活を思うと天国に来たようだった。一人娘の椿ちゃんが生まれて間もないときで、家族で囲むにぎやかな食卓の仲間入りまで体験できた。ひと月以上〝あらぬ世界〟にいた人間としては久しぶりの人との団らん、調子に乗って「亜衣ちゃんの手料理をご馳走になるなんて私も相当ラッキーだけど、護光さんは毎日亜衣ちゃんの手料理を食べてるわけで、それってすごーく恵まれてるよね」と口走る。いやしい顔をしていたかも知れない。すると護光さん「確かに恵まれてますね」と苦笑いして、そのあとうつむき「ところで由美さんは熊本にずっと居るの？」と訊ねた。「先のことはわからないけど今のところ居るつもり」と答えると、護光さんうつむいたままモゾモゾと「ずっと居れば？居ましょうよ。ずっと居て、そしてみんなで熊本を盛り上げましょうよ」と言った。

笑って話は終わったが、私は護光さんのその言葉が忘れられない。両頬をぱたぱたと張られた気がした。背中をずきんと押された気もした。目が開いた、そんな感じだ。私はそれまで、熊本を盛り上げるとか尽くしたいとか、そういうことを考えたことがなかった。郷土愛というようなものがかなり希薄な人間と思う。帰郷したのもただただ家賃の心配などせずに実家でのんびり暮らしたいだけだった。熊本をどうしようこうしようなんて気持ちはさらさらなかった。

もちろん熊本城主の子孫である護光さんと子供のときに飛び出して故郷のことなど顧みなかった私とでは、熊本に対する気持ちに大きな開きがあるのは当然のことだけれど、私はそのとき自分を恥じた。生まれ育ったところに何の感情も持たない冷淡な自分が恥ずかしくなった。その恥じ入る気持ちには、自分が故郷に戻ったのと同じ時期に家族を、家を、故郷を失ってしまった東北の人たちへの心苦しさも混ざっていた。帰りのタクシーの中、暗い家並み（深夜も明るい東京に比べ熊本の夜は真っ暗なのだ）を眺めながらしみじみ思ったものだ。だらだらしていてはいけない、もっと地に足を着けなければ、と。

熊本でどう暮らすのか、何をやりたいのか、何のために帰ってきたのか、きちんと考えなければ、と。

とはいえ、先はまったくの白紙状態。帰郷後の展望もビジョンも計画も、何もない。わずかに頭の隅にあったのは、働かないで暮らす方法を模索することだった。そんな状態から地に足を着けた生活を生み出せるものだろうか。

東京では、もとインテリア・スタイリストの面子もあって分不相応の部屋に住み、家賃のためにひっちゃき仕事をするというような毎日だった。家賃のおかげで仕事を止めずにこられたとも言える。すると、家賃のために仕事をしていたのだから家賃がないのなら仕事もしなくていいじゃないか、というナマケモノ発想が芽生えるのである。私は根っからのナマケモノで、縛りがないとトコトンなまけることができるタイプなのだ。しかも昔から〝隠居〟という暮らし方に憧れている。家賃のかかる家ではむずかしい隠居暮らしも家賃のいらない実家でなら可能ではないか、などとも思い、仕事をしない暮らし方の模索が熊本でやるべきことの筆頭だ、などとふざけたことを考えていたのだ。

しかし、隠居するにしても生活費はかかる。ところが私は分不相応の家賃を払い続けたために貯金はゼロだ。あと2、3カ月は持つかもしれないわずかな蓄えと、充分ではないにしても60歳から受け取っている月額8万円ほどの個人年金※が頼りという財政状態では隠居暮らしもなかなかむずかしい気がしてきた。

さらにそんな中、車庫の引き戸が破損したり（何せ古い！）、2階の屋根の雨樋が割れたりして、家を修理する必要が生じた。半年前にある程度のリフォームをすませているが、古い家は次々と問題が起きる。自分が住んでいるにしてもこの家は親のものであるし、そもそも自分にそんな余裕はないのだからと、費用は親の預金から出せばいいやと思ったが、同じ頃、親の年金や預かった通帳からお金を引き出し自分のために使った子供が逮捕されるという事件が起きて、「オットットット」と腰が引けた。もう親が住むあてもない家に楽をしたいと娘が入り込み、自分の快適暮らしのための修理費を親の預金から支払うというこの構図……似てやしないか？　と焦ったのだ。捕まった人たちでなくとも、お金がないと親の年金や通帳って〝打ち出の小槌〟に見えるはずだ。貯金ゼロの私にはその気持ちよくわかる。わかる自分がヤバくなった。それで念のため遠方にいる兄弟から「もう一度家のメンテナンスに親の預金を使っても良いか」の承諾をもらった。

後日、『みちくさの名前。雑草図鑑』の印税が入り不安が少し薄らいで、そうか、安らかに暮らすには多少のお金は必要だ、やはり仕事をするしかないかという気持ちに変わった。貧乏な62歳に隠居はまだまだ早いってことだろう。しかし熊本に仕事はないし、東京からの依頼を待つのみということだけど、地方に行ってもお願いしたいと思われるほどの存在ではない自分になかなか仕事は来るはずがない。こうなれば熊本の人と知り合い、仕事のきっかけを探すしかない、と、やっと人並みの考えに至ったのは6月になってからだ。いざ始動。まずは街に出て、帰郷前大橋歩さんに「行けばいいよ」と言われていた〈ギャラリーMOE〉と、〈Zakka〉のキタさん（北出博基さん）に「行けばいいよ」と促された雑貨カフェ〈オレンジ〉を探検することにした。

※話は逸れるがこの個人年金には本当に助けられている。これがなければ65歳でおりる国民年金だけでは（支払いが満額に達しなかった私の受け取り額は月4万円ちょっとで）生活できない。この個人年金、若いとき先輩の勧めで半ば強引に入らされたものだ。途中幾度か止めようと思い別の保険会社に勤める弟に相談すると「これはいい保険

だから止めたらだめだ。ここで止めたら損になる」と言われ、泣く泣く続けてきたのだけれど、今、本当にそのありがたさを味わっている。よくぞ勧めてくれましたと先輩には感謝する毎日である。国民年金があやしくなりかけている今、若い人には個人年金という考え方も〝あり〟と思う。特に私のように貯金の苦手な人にはお奨めしたい。自分の意思に関係なく毎月きちんと積み立てられるし途中で止めることもむずかしいし、自然と自分の将来のためになっていくのだから。但し内容をよく調べてから。中にはあまり役に立たないものもあるようだから。

街をされく

「さろく」あるいは「されく」とも言うこの言葉は熊本の方言で「歩き回る」という意味らしい。それも〝さっさと〟ではなく〝ぶらぶらと〟であるらしい。熊本出身者のくせに「らしい、らしい」と他人事のように言うのは、高校を出てからの長い年月を他の地に過ごし、子供の頃自分がその言葉を使っていたかどうかも靄の中となっているからだ。それでもこのフランス菓子のような響きを持つ三文字は頭の中の奥の片隅にひそっと隠れ住んでいたようで、帰郷して初めて耳にしたときは得体のしれない懐かしさにおそわれ発言者を振り向かないではおれなかった。10年前の6月、初めて行った〈オレンジ〉のカウンター席でのことだ。

満席のカウンターのいちばん先、レジ横にいた発言者はひょろりと背が高く洒落た恰好をした、いわゆる〝熊本の洒落男〟(熊本は昔からメンズ・ファッションが盛ん)だった。そんなお洒落さんの口から、「さるいて」だったか「さろいとったら」だったか「されきまわっとらす」だったか、定かではないが他県の人には通じないかなり高度な熊本弁が飛び出したことに虚を突かれ、次に何だか可笑しくなった。ちなみに「されきまわっとらす」は、されき＝ぶらぶら歩き／まわっと＝回って／らす＝らっしゃる、ということで「ぶらぶら歩き回ってらっしゃる」という意味になる。熊本弁は実に面白い。

話は戻るがその少し前の5月半ば、東京の友人大杉光世さんが遊びに来た。数人の仲良しでやってくれたお別れ会からたったふた月半しか経っていないのに早々と私の引っ越し後の様子を見に来てくれたのだった。熊本案内をすべきだったが自分自身まだ街の様子がわからず、お城をぐるぐる回ったり阿蘇までバスで行ったりした。突然の来熊《らいゆう》だったが客間のリニューアルが間に合い家でくつろいで過ごして貰った。間に合わなかったらたぶんホテル泊になったと思う。朝から夜まで今までになく長く一緒に過ごしたせいか、二泊三日の予定が終わり彼女が帰ると気が抜けたようになった。家の2階のベランダからは熊本空港に発着する飛行機の、旋回する、降りていく、上っていく姿が間近に見える。その夕方、彼女が乗ったはずの機体が空へぐんぐん引き込まれ、小さくなって点となり、消えてしまうと、急に里心（この場合は東京への）がふつふつ湧いてきた。大杉さんと一緒に東京へ帰りたかった。みんなのいる東京へ、知り尽くしている東京へ。まだ東京が私の中では大きなウエイトを保っていた。

孤独には強いほうだがこのときは応え、今までにない寂しさを覚えた。私や兄弟が帰省してまた東京へ戻っていくとき両親はいつもこういう寂しさを嚙みしめていたのかとやっとわかった。そして今、同じ思いになっている自分。人生とは皮肉じゃのう、と笑ってみても寂しさは消えない。落ち込みそうになったので階下に降りながら、これはまずい、いかん、いかん、と叫んでみた。階段の途中で叫ぶと壁に反響してたっぷりと豊かな声に変わるのだ（子供の頃母親が買い物に出たのを確認したのち映画『ウエスト・サイド物語』の「Tonight」をここで歌っていい気になっていた）。その大声で気持ちを引き締め、とにかく、外へ出よう、街へ行こう、人と会おう、と決意した。酒落男氏の「されきまわっとらす」を聞いたのはそれからしばらくしてのことだ。

旅人気分で街を歩き回ることにした。旅の楽しみは未知なる場所を探検するところにあり、生まれ育った熊本も44年も留守にすれば知らない街と変わりないのだ。まずは〈ギャラリーMOE〉と〈オレンジ〉へ行こう。良い天気の昼下がり、カメラ片手、メモ帖片手に、新品の熊本市街地図を広げた。私の趣味の一つが〝地図に書き込む〟ことで、まだ何も書き込まれていない新しい地図を広げるともりもりと書き込み意欲が湧いてくる。見れば二軒とも、街中でも飛びきり賑やかな新市街の一角にある。新市街はその昔映画館が建ち並ぶ映画少女にとってはドリームランドだったけれど、たまの帰省で覗くたびに姿を変え、最終的にゲームセンターやパチンコ屋の目立つ歓楽区域に変貌した。九州一映画館の多かった街がこの〝ていたらく〟と嘆いても、東京ですら映画館が減っていく昨今しかたのないことなのだろう。しかしそんな歓楽区域の中に、歓楽とは縁遠い歩さんお奨めのギャラリーやキタさんお褒めの雑貨カフェがあるのだろうかと危ぶんだが、街へ行ってみるしかない。

横道に逸れるが、熊本には市の中心地へ行くとき「街へ行く」という独特の言い方がある。他の地方都市でもそうかも知れないが、東京にいるときは「街へ行く」とは言わなかった。東京では街はいたるところにあるので、例えば「渋谷に行く」「銀座に行った」「上野で会おう」などと地名を特定しなければ埒があかないのだ。しかし熊本市で人の集まる繁華な場所は市内中心部1カ所だけである。お城を中心とした上通《かみとおり》、下通《しもとおり》、新市街の三角地帯のみである。ここへ行くとき熊本の人は「街へ行く」と言う。「街」という言葉は熊本ではこの三角地帯を指している。「街へ行くと?」「街におるけん」「街に行っとった」などと言い、狭い世界の光景が手に取るようにわかる表現だ。この言い回し、東京を離れ戻って来てみてあらためて好きになった。

さて、続き。自宅のある住宅地から大通りへ出て、水の匂いに包まれた白川沿いを進んだ。街の真ん中を流れる一級河川の白川には橋がたくさん架かっている。地図で見ると川の右側に街があり左側が住宅地になる。

子供時代「川を越えて遊びに行こう」が合い言葉だった。そう言えば、パリのセーヌ河にもたくさんの橋が架かり、昨日はリブ・ゴーシュ（左岸）、今日はリブ・ドロア（右岸）、と歩き回ったなあ、なんて川風に吹かれながら思い出す。パリに何度も行っていたことが今では月に行くかのごとき遠い話になってしまった。ここ熊本では橋を渡り大通りを越えると街になる。家からおよそ45分。若い頃なら速歩25分で行けた距離だ。小都市はどこへ行くにも歩いてすむのでほんとうに気楽だ。若いときはその近さが鬱陶しかったが年を取るとありがたくなる。

細い路地に入ると見覚えのない光景が広がった。子供の頃通ったかもしれないが、こういう光景ではなかった。道の両側に、料理店、服屋、バー、理髪店、宿、毛糸屋、その他もろもろの新旧取り混ぜた間口の狭い店が軒を連ねていたのだ。3人も横に並べば限界のような狭い通路に車が入って来たので仰天したが、地元の人はアクロバットのようにに脇にへばりつき車を通す。またはクラクションが鳴っても頑固に無視して歩き続ける。しかし騒がしくはなく〝そぞろ歩き〟という表現がぴったりの静けさに包まれている。店、人、路地、そして車の織りなす光景は、昔々の松竹映画の元気のあった日本の町（街でなく町）の場面を彷彿させて、されき初日の発見としては出来過ぎと喜んだ。その上乃裏《かみのうら》通り、市のメインとなるアーケードの上通の脇を走る細道だから上乃裏と呼ぶらしい。そのとき以降ここは私の遊園地となった。

少し歩いて再び白川沿いに出ると、大甲橋という大きな橋のすぐ先に小さな橋が架かっているのが見える。他が立派な橋ばかりなのでその存在の軽やかさが異様に可愛らしく映る。薄い青翠にペイントされたやたら縦に細長いフォルムが魅力的だ。両側に丸い街灯が提灯のように並び「夜は本当にロマンチック」と大人から聞かされ続けたその

「安巳橋《やすきばし》」、小泉八雲の短編小説『橋の上で』に登場するからかなり古い歴史の持ち主である。だからもちろん子供の頃から見ているはずだが、その頃は橋に興味などなくて記憶にない。大人になり、橋を渡るのが好きになった幾度目かの帰郷の夜、母をお供に渡ったのが最初の記憶だ。確かに丸いぼんぼりのような街灯はロマンチックだったが隣を歩くのがデパートの買い物袋を提げた母親ではロマンチックも何も……なんて言って笑ったっけ、などつらつらと思い出しながら渡ってみた。うん、やっぱりいい感じ。すぐに渡ってしまう短さが楽しい。振り返って見返したときの3冊しか挟まっていない本立てみたいなスリムさがいい。何度も往復したが車の姿がまったくなかった。この橋は自転車と人しか渡れないのだろうか。幅がないから車は避けているのかもしれない。

ちょっと脚にきましたぞ、という頃やっと新市街に到着した。目的地の店〈オレンジ〉は新市街の通りから玉屋通りというヘビの抜け道のようなこれまた細っこい路地に入って10歩ほど行った先にあった。わさわさした新市街だが一歩中へ入ると別天地のように静かになる。この路地は両脇に長屋仕立ての二階家が覆い被さるように建っている。路地の出口近くの、隣とは薄い板壁一枚で仕切られた（ように思える）古い店舗の白い木枠のガラス戸が雑貨カフェ〈オレンジ〉の入口だった。中を覗くと人でいっぱいだ。

入るか迷う。まだ人に慣れていない。〈ギャラリーMOE〉を先にしようと方向転換し、新市街の反対側へ向かった。〈ギャラリーMOE〉も喧噪のパチンコ屋の脇を入って十数歩先の静かな角地にあった。コンクリ打ちっ放しのモダンな4階建てビルの1階だ。全面見透しのウインドーから中を覗くと、何と暗い。ドアも閉まっている。看板も中に仕舞われているからどう考えても今日はお休みのようだった。やや、と焦りながら〈オレンジ〉の前に戻り、戸を開けて入ろうとしたらこのガラス戸がなかなか開かない。ガタガタやっていると中から若い女性が出て来て「すみません、固くて」と足で戸を蹴ったか何かして開けてくれた（この女性、その頃店を手伝っていたゆきこちゃんと後日知る）。

中には雑貨とテーブルが並んでいた。テーブルは満席でカウンターの空いているところに落ち着いた。先ほどの女性がメニューを渡し、「隣で本屋もやってますよ」と言う。意外なお知らせにときめきつつ、この人が、〈オレンジ〉に行って話したらいいよ、とキタさんの言うたじりひさこさんかしら、と思うがどうも若すぎる。カウンターに入っている青年に思い切って「たじりさんはいらっしゃいますか」と聞いた。すると「今日は休んでます」という返事でドッと疲れが吹き出した。意気込んで家を後にしたけれど二件とも不発に終わるとはやれやれだ。まあ人生とはこういうもんであるわけよね、とあきらめてコーヒーを頼んだ。そういうときに聞こえて来たのだ、カウンターのレジ脇から。洒落男氏の「さるいて」か「さろいとったら」か「されきまわっとらす」かが。私が他の人以上にその言葉に反応したのは当然のことだった。そうか、今日はされきの日だったんだ、確かに充分にされいたぞ、と。

始まり

5月の後半、理恵ちゃんから「何か困ってませんか？」という連絡があった。「困ってはいないけど、ごはんでも食べようか」といきなり誘って会うことになった。帰郷してからおよそ2カ月、私は誰かと一緒にごはんを食べたくてしかたなかったのだ。この間ときどき細川亜衣ちゃんのお宅におよばれで行く以外ずっと一人で食べ続けた。〝一人暮らしの達人〟としては孤食などごくごく当たり前のことで今まで何ら支障はきたさなかったのだが、こうも長く自炊続きではさすがの私も飽きがくる。楽しくない。作る意欲も食べる意欲も落ちてしまう。そういうときの理恵ちゃんからの電話である。渡りに船、降って湧いた贈り物と言ってもよかった。

井手口理恵さん、当時30代後半だったろうか。10年ほどバーテンダー修業をしていた恵比寿のバー〈モーヴ〉で知り会った人だ。すでに私はバーテンダーになる夢はあきらめて修業からは卒業していたが、週に一度は店に行き、飲んだり喰ったり喋ったりダラダラ過ごすのをルーティンとしていた。理恵ちゃんはその〈モーヴ〉常連さんカツベの大学時代の友人だった。卒業後は地元の熊本に帰り家庭を持ち、久しぶりの上京で〈モーヴ〉で遊ぼうとなって連れてきてもらったということだった。あら、熊本？　と、しばし地元の話になり、「私も3月に引き上げる予定」と言い、じゃあ帰ったら会いましょうとなり、電話番号を交換した、という程度の間柄。そんな彼女が連絡してきてくれたのだ。

人の出会いは不思議なもの。〝たまたま〟という偶然の積み重ねが創り出す筋書きのない物語だ。亜衣ちゃんとは十数年も前になるが〈モーヴ〉でたまたま出会った仲だ。彼女の友人のイラストレーター山本祐布子《ゆうこ》さんがたまたま私のページ（『エル・デコ』誌の映画コラム）のイラストを担当することになり、当時はまだ新進気鋭のイラストレーターと料理家の仲良し二人、挨拶代わりに〈モーヴ〉で飲もうと来店してくれたのだった。

その後の亜衣ちゃん、料理家として活躍する最中たまたま護光さんと出会い、結婚し、たまたま熊本に暮らすことになり、たまたま戻って来た私を一家団らんに招いてくれた。理恵ちゃんも、たまたま〈モーヴ〉に行き、たまたま来ていた私と出会い、それはたまたま私が帰郷する直前で、じゃあ帰ったら会いましょうということになり、たまたま先日連絡を入れてくれた。

こういうことを思い返し、〝たまたま〟って実に面白く素敵な現象じゃないの、と膝を打ったのだ。思えば私の人生もたまたま続きだったではないの。たまたまが出会いを生み、そこから人生の枝葉が伸びて繋がっていったわけではないの。繋りすぎ絡まって息苦しくなり、抜け出したわけだけど。そして昔は少し絡まっていたがそれも土に返り今や真っさらになっている地に戻って来た。せいせいするけど少し物足りないこの真っさらな地。ここで再び新しいたまたまが始まる予感を理恵ちゃんの電話は告げていた。

理恵ちゃんとのごはん1回目は熊本城の隣にあるホテルのレストランだ。夜ライトアップされる天守閣に「うっとりしますよ」と連れて行ってくれたのだ。彼女のお嬢ちゃんとお母さまも一緒だった。理恵ちゃん、お嬢ちゃん、お母さま。女三世代との会食は、これまでそういう経験をしたことのない私には新鮮だった。男と一緒の親密さとも友だち同士の和やかさとも別口のやわらかい空気が流れていた。壁一面の大きな窓の向こうには、真っくらくらの闇の中ふんわり浮かんで輝いている熊本城が間近にあった。天守閣最上階の窓辺を見ると向こうからもこっちを見ている人がいた。手を振ると振り返してくれる。あっちとこっちでしばらく振り合った。

理恵ちゃんはお母さまのアジア料理のお店に連れて行ってくれたり、街中を車で走ってくれたりした。中でも忘れられないのは彼女の実家におよばれしたときのことだ。実家は市内西側の金峰山《きんぼうざん》の中腹にあった。金峰山といえば夏目漱石の『草枕』で知られているし、夕陽を背にシルエットとなった三角形のおにぎりのような姿を市民の誰もが愛しているという地元自慢の存在だ。もちろん私も好きで、近年家のそばの大学が高い校舎を建て夕方の可愛いシルエットを見えなくしたことに腹を立てているのだが、それよりも金峰山と聞いて即座に頭を占領するのが小学校の遠足で登った〝さるすべりの坂〟の怖い姿だ。草の生えていない土面だけのやたら角度のある険しい山路、というか崖で、今で言うボルダリングの要領でみんなは登り私だけが転げ落ちたという嫌な思い出があるのである。リュックからはモノが飛び出し、肘膝擦り傷だらけとなり、泣きはしなかったが屈辱感で居たたまれなくなり、途中一人で帰宅したと思う。

以来近づきもしなかった金峰山。その中腹に理恵ちゃんの実家はあるという。麓（といっても今はすっかり住宅地だが）から彼女の運転する車は山の斜面を右に折れ左に折れ、スキーのボーゲンのように、あるいはキアロスタミ作品『友だちのうちはどこ？』に出て来たジグザグ道の場面のように登っていく。右に揺れ左に揺れ、峠のドライブ気分である。ジグザグを数回繰り返し止まったところが彼女の実家で、門の前から背後を振り返ると、遥か下方に夕暮れにぼんやり霞んだ熊本の街があり、そのあちこちにぽつぽつと明かりが灯り、静かに夜を迎えようとしていた。

ご両親、弟さん（だったかな）、理恵ちゃん一家、まだ他に人がおられたような気がするが、大きな食卓にご馳走が並び、楽しくにぎやかに和気あいあいしゃべって食べて、熊本の一つの家族に迎えられた一夜となった。それは友だち一家二組と過ごした6年間の小金井生活以来久しぶりに味わう大所帯のくつろぎのひとときだった。

「由美さん、こっち」と手招きする理恵ちゃんについてベランダに出ると、漆黒の広い空のもとに泣きたくなるような光景が広がっていた。東に亜衣ちゃんの住む立田山、西に理恵ちゃんの実家のある金峰山、その二つがおりなす擂り鉢状の地形の底で、ちかちかと菱形のかたちに街が光瞬いていたのだ。熊本の街の形がよくわかった。これが私の育ったところ、そしてこれから暮らしていく場所、と思うと、その節度ある輝きとこぢんまりした小ささが胸に沁みた。あ、これだけの街なのだ、と思ってホッとした。住んでいるところの輪郭が見える安堵感、それがあった。

東京にいるときは、途方もなく広く大きく先の見えない景色を高層ビルから眺めるたび気分が悪くなったものだ。高所恐怖症だからと人には言ったが、それだけでなく、先の見えない空間にびっしりと人がいることの恐ろしさと不穏さにやたらビビって落ち着けなかった。早く帰ろう、地上に降りよう、と焦った。若いときは大都市の、そのような茫漠さが開放感となって具合良かったし自由にも感じた。けれど年老いた今はこの箱庭のようなつつましい小さな世界がちょうど良い案配だなあ、と、菱形の輝きを眺めながらしみじみ思った。

一度空振りした後で〈ギャラリー MOE〉に顔を出したのは梅雨の始まりの頃だった。恐る恐るドアを開けると、オーナーの荒木洋子さんは「あー！」と小さく叫び、笑いながら「やっと来たあ」と言った。春先に大橋歩さんから〝ヨシモトユミちゃんが行くのでよろしく〟という連絡を受け、いつ来るか、いつ来るかと構えていたそうだ。平謝りする。鰻の寝床のように細長いコンクリ打ちっ放しのシンプルな店内のその日の展示は常設展で、現代絵画や趣味のいい器類が並び荒木さんのセンスが光っていた。年に数回、服やアクセサリー、織物、バッグなど、彼女の審美眼を通過した様々な生活用品の特設展があり、九州だけでなく首都圏からもお客さんが多数ご来店と言う。地方の小都市歩きで楽しいのはこういう生活ギャラリー探しだ。どこの街にもオーナーの個性が活かされたギャラリーが1軒か2軒はあって、その街らしさを演出し文化の一環を担っている。熊本に個性派作家の展示が多い〈MOE〉のようなギャラリーがあるということ、それを知っただけで少し安心できた。

話は飛ぶが、秋には〈MOE〉で大橋歩さんの服のブランド「a.（エードット）」の展示会が行われた。東京でお別れの挨拶をして半年以上経っていた。それなりに元気そうな私を見て歩さんも安堵の表情。二人並んで話しているとまだ東京にいるような気がしてくる。しかしそばには荒木さんがいて、確実にここは熊本だった。そのときも「歩さんの服を着たい」という人たちが日本各地から駆けつけていた。

夜は歩さんを囲んでの食事会に私も誘われ、そこで「アプアロット」というデザイン・ユニット、井上千夏と古庄《ふるしょう》美和の2名の女子と知り合うことになる。二人の仕事場は〈ギャラリーMOE〉の中二階にあり、様々な依頼と共に〈MOE〉のDMやリーフレットのデザインを一手に引き受けていた。少し前からうちに届くようになった〈MOE〉のDMのデザインを見てセンスいいなと感じていたので、せっかくの機会とばかり名刺作りを依頼した。自分がこの先名刺を使うことがあるかどうか、はわからなかったが、〝シンプルで、でもちょっとヘンなやつ〟という私の注文がどういう形にできあがるかに興味があったのだ。

ブログをやってみようかと思いついたのもこの頃だ。帰郷後しばらくの間、こちらの様子を訊ねる東京の友人知人からの葉書がけっこう舞い込んでいた。大した数ではないがもはや筆まめではないので返事を書くのがおっくうだった。某編集者へ謝りついでにそう書くと「じゃあブログにしたらどうですか?」という返事が来たのだ。ブログに熊本の様子を書けば手紙の代わりになって、誰それにいちいち返事を書かないで済むと言う。それはいいけどパソコン作業は大の苦手で、メールとワード以外の機能はまったく使えない人間なのでしばし迷った。が、ちょうど同じ頃、熊本で発見した面白いことをブログに書いて読ませてほしいという遠方（イギリス）の友だちからの要望もあり、二つも提言が重なった以上やるしかないな、とその気になったのだ。

とはいえ自分でブログ開設など出来るわけがない。そこで再び「アプアロット」の二人に開設とフォーマットのデザインを頼んだ。タイトル文字からイラストまで見やすく愉しいデザインが上がり、タイトルは『吉本由美のこちら熊本！』とした。芸のない中身丸出しのタイトルだがわかりやすいだろう。狙い通りすぐに皆さん覚えてくれ、『こち熊』と呼んでくれる人も現れた。

このブログから私の熊本での仕事が始まる。もちろんブログによる収入はないのだが、これを契機に少しずつ仕事がやってくることになるのだから、出会いって、人生って、面白い。

よりどころ

〈Zakka〉キタさんの助言に従いたじりひさこさんと初めて会話らしき会話を交わしたのは、熊本に梅雨の終わりが近づいた頃だったと思う。その頃は「田尻久子」とわかっていた。熊本で彼女はちょっとした有名人だ。多くの人が〈オレンジ〉そして〈橙書店〉を知っていた。

よし、知り合うぞ、と、ささやかな決意のもと初めてこの〝カフェで雑貨屋で本屋さん〟という〈オレンジ　橙書店〉に乗り込んだのは街をされく決意をしたひと月くらい前のことだが、店の主人は不在だった。店の主人が不在とは、と、肩すかしくらった感じでときを経た。リベンジの日を決めかねていたある日、新聞の片隅に「詩人伊藤比呂美の朗読会『方丈記』を読む　橙書店にて　要予約」というお知らせを見つけ、わい！　って感じですぐ予約した。個性的な詩人伊藤比呂美に興味あったし、大地震から日も浅い今『方丈記』を朗読するという刺激的なもくろみにも魅かれたし、この日なら、会えそうで会えない田尻久子に会えるだろうとも思ったのだ。初回の先月はチラッと覗いただけだった本屋さん側をじっくり見ようという気持ちもあった。そういうものが久しぶりに夜の街へと私を引きずり誘《いざな》った。

その日は大荒れの天気だった。『方丈記』に記された、大火、辻風、飢餓、地震などの大災害を巫女のような伊藤比呂美が朗読するに恰好の天気じゃないかとわくわくして鼻息荒く〈橙書店〉の前に立つと、何と中は超満員だ。ドアも開けられない。慌てて隣の〈オレンジ〉側に行き、ガタピシ軋む白い引き戸を引いて入店、「あの～朗読会の～」と言うと、カウンターの向こうから細長い女性が飛んで来て「予約されてますか？」と訊く。はい、と答えながら（お、田尻久子だ！）とまじまじ見た。顔は知らなかったが確信があった。その念願の田尻久子が「今日は満員になってしまって、どこが空いてるんだろう、あ、一番前の席でもいいですか？」と訊く。もちろん「いいですよ」と答えた。

キタさんの助言に従って自己紹介とか何某かの話をすべきところだが今は時間がないようだった。私のあとにも人が続き、まだ開始10分ほど前なのに、席が、予約が、と差し迫った気配になっている。〈オレンジ〉のカウンター横に空いている穴を田尻久子に導かれ〈橙書店〉側に抜けた。この抜け穴はいいなあ、と喜んだのもつかの間「あそこです」と言われて焦った。あそこと指定されたマイクの前の隙間に置かれているのは、ウサギか何かが座るような小さな緑色のビロード張りの腰掛けである。マイクのすぐ前という設定とこの小さな腰掛けを見ればそこが空いている理由は瞬時にわかる。田尻久子は「すみません、もうここしかなくて」と言った気がする。確かに見回せば店内のみならず階段にもその上にも人がびっしり積み重なって、空いていると思える場所は腰掛けの置かれたそこだけになっていた。さすがは伊藤比呂美と頷き、けどそんな前でと躊躇したが、最後の方に来た者としては仕方ないから腰を下ろした。マイクとは1メートルも離れてはいなかった。

手を伸ばせば触れる距離に伊藤比呂美が立ち、朗読が始まった。彼女の詩は昔からよく知っている。けれど直に姿を見、声を聴くのは初めてだ。石牟礼道子さんの娘と言ってもおかしくないほど似ていることにも初めて気付いた。小さな腰掛けから見上げたところに鬼気迫る形相の〝平安時代末の被災都を彷徨ふ伊藤比呂美〟がいて、読んで叫んで小一時間。外は豪雨。スリルと緊張のひとときは瞬く間に過ぎ、拍手で終わった。

久子さんには終了後に挨拶でもと考えていたが、本を買いたい、サインを貰いたい、東日本大震災被災地募金に協力したい、というたくさんの人が店内や外の通路を右往左往し、声をかけるどころではなくなって、募金をした後そのまま帰った。

次に〈オレンジ　橙書店〉に行ったときその夜のことを話すと久子さんは「え！　あのときですか？」と目を丸くした。やはり私の顔は知らなかったのだ。そしてこの日にしても、店に来ていた白玉《しらたま》（久子さんの愛猫）について延々としゃべり合い、店の2階でやっていたボーダー柄の服の展示場でもいろいろとしゃべり合い、二人して店に降り、梅雨も終わりの蒸し暑い日ゆえ頼んだアイスコーヒーを飲み干そうかとしているそのときになって、しばしの沈黙のあと突如「吉本由美さんですよね？」と訊いてきたのだ。ほんの今、気付いたらしかった。何をきっかけに気付いたのかはわからないが、ここへ来るまでの道のりが長かったのでやっと気付いてくれたかと嬉しくて「そうですよ」と明るく答えた。そこで朗読会の夜のことを話したのだ。「それは失礼しましたー」と久子さんは笑った。私も人の顔を覚えるのは不得手なので一緒に笑った。

それからしょっちゅう行くようになった。用事のあと〈オレンジ〉に寄れば、久子さんがいる、白玉がいる、と思うとホッとして、買い物に映画にと気楽に街に出られるようになった。たまたま家が近いので、閉店までだらだらとお酒を飲んでいる私を車に乗っけて送ってくれた。それに甘えてますますしょっちゅう行くようになる。すると常連さんたちと顔見知りになり話がどんどん広がっていく。良いお医者さんを教えてもらい、熊本では無理だろうとあきらめていたチェロの先生を紹介され、美味しいパン屋、和菓子屋、洋食屋、餃子屋、飲み屋、寿司屋、バーを知り、酒屋のイケてる若夫婦にも出会えた。一人ではとても見つけられなかった街の顔。人の輪を頼りにそれらに向かって犬か猫か熊のようにマーキングして歩く自分。この街に暮らしているという実感が少しずつ強まっていく。

また、〈橙書店〉側でおこなわれる詩の朗読会、ミュージシャンのライブ、作家のトーク・イベント、〈オレンジ〉の2階でおこなわれるイラストやアクセサリーや服、そしてインスタレーションの展示なども、私のしょぼみかけていた脳を活性化してくれたのは間違いない。東京暮らしの後半となると、ライブにはけっこう行ったが朗読会やらトーク・イベントやらには行かなくなった。イラスト展、アクセサリー展も然り。こういう催しは東京ではあちこちで頻繁におこなわれている。するといつでも行けるし参加できると思ってついつい後回しにするか行きそびれてしまう。また、たくさんの中からどこに行くか何を見るかを選ぶのが、その選択肢の多さが、若い頃なら楽しかったが中年になったあたりからうっちゃらしくなっていた。つまりドッと老化へ進行中だった。

それがここ熊本では、チェックしておくべきところは〈オレンジ　橙書店〉か〈ギャラリーMOE〉くらいだから、うっちゃらしがりのおばさんでも楽である。もちろん催しものはその二軒のみならず〈現代美術館〉〈島田美術館〉〈長崎次郎書店〉それから〈早川倉庫〉などでも開催されているが、ごく普通に、お茶を飲もう、お酒を飲もうと出かけた先で自動的にイベントに出会えるという特典は〈オレンジ　橙書店〉ならではのものなのだ（現在はコロナ禍対策で人を集めるイベントは中止している）。

東京ではバーテンダー修業を10年近く続けたバー〈モーヴ〉がそうであったように、今や〈オレンジ　橙書店〉は私の熊本暮らしのよりどころとなった。そしていつの間にか久子さんが熊本でいちばん近しい人、会う頻度もいちばん多い存在になった。だからもし私に何かあったら久子さんと相談すること、と、横浜に住む弟に伝えてある。久子さんの方には、私に何かあったら横浜の弟に連絡して、と頼み、３本ある家の鍵の２本を二人に渡している。そしてこれがいちばん大切なことだけれど、私の言動に異常を感じたら迷うことなく遠慮なく認知症の検査に（ひきずってでも）連れて行ってくれ、とも頼み、先々の不安を吹き飛ばしている。

そういうことを考えると、「たじりひさこさんに会えばいいよ」とサジェストしてくれたキタさんは先見の明があるなと改めて感心する。キタさんは私が東京を離れて数年後他界された。キタさんが今も生きていてくれたら〝私とひさこ〟を見て何と言うだろう、と、ときどき想像する。感謝の気持ちは言葉にならない。

私の朝は猫仕事から

連れ合いもなく子供もなく、兄弟は遠く離れ友だちはまばらで、私は毎日を一人きりで過ごしている。毎日を一人きりで過ごしている高齢者を世間は「孤独」で「寂しい」と決めつけたがるが、そんなことは人それぞれ。私のように真逆な人間もいるのである。もちろん右を向いても左を向いても一人きりだから孤独には違いない。けれど孤独だからって寂しいわけではない。それどころか忙しくってたまらなくて体がもう一つ欲しいくらいだ。寂しいなんて感じているヒマがない。

たとえば朝。夜更かししたときは別だけれど通常朝は7時に起きる。7時じゃ遅いと言う人が多いが、半分リタイアの夜好き人間としては7時起床が最適ラインだ。ベッドの上で軽くストレッチしたあとトイレに入る。一人暮らしなのでドアは開けたままだ。するとリビング方面から鳴きながら猫が来る。まずはスミレ（雌）がお相撲さんのようにドスドスと音を立てて。次にむーたん（雄）が忍者のように忍び足で。最後に老女コミケが神楽坂の芸者さんのようなシャナリ歩きでお出ましに。用を済ませると3匹を引き連れキッチンに入る。

キッチンでは「早くしろ」と命令調の鳴き声3匹分にせかされながら床に並んだ彼らの食器を洗い、ボウルに新鮮な水を注ぎ、各自の好みに応じたカリカリ3種を皿に投入。自分に水分補給をしたあと居間のカーテンを開ける。と、テラスに庭猫3匹が。行儀良く座ってこちらを見上げニャアニャア鳴く。「はいはいはーい」と急いで外猫用朝食セット（カリカリ＋ウエット）の容器二つを手にしてテラスに。初めは6匹から今は母親と娘2匹に減ったマミ一家の食器を洗い、ブラインドを上げ風を通し、デッキを掃いて、寝床の敷物（冬場は毛布、夏場はタオル）を庭に干す。それから恒例のブラッシングだ。外猫なので放っておくと汚れてノラの匂いになるためこれは毎日行う。彼女らもブラッシングは快適らしく、マミをやっていると娘のミケコ、そしてクロロが理髪店の客のように番を待つ。

上）常に“目がもの言う”スミレ
下左）テラスでお昼寝中のマミー家　下右）屋根の上のクモスケ

彼女らにナニヤカヤと言い含めながら毛を梳いていると表に通じる小径のほうから「ひゅんひゅんひゅん」という鳴き声がしてくる。どこのかわいい坊ちゃんか、と、胸ときめかされる声の持ち主は、熊本地震のあと血だらけの顔でウチの車庫に隠れていた黒猫だ。可愛い声のわりにはブス男くんでそのギャップがチャーミング。車庫にいたのでクモスケと名付けた。江戸時代の駕籠《かご》かき人足のもじりである。さっきの「ひゅんひゅんひゅん」という声は「おいらをいつまで待たせるンだ」という意味である。

もっともな催促に「はいはいはい」と食器を片手に表に回る。表の車庫が彼の住まいになっている。彼にも黒光りするまでブラッシングを施す。そして耳と目の清掃、ヒモ遊びの団らん、給餌。最後に、車にだけは気を付けて一日を無事に過ごすよう言い聞かせる。これで朝の猫仕事は終了した。部屋に戻り時計を見る。すでに9時を回っている。

猫の手助け

さらに掃除や洗濯でもやればひと息つけるのは10時過ぎだ。起きてから朝の始まりのお茶を一杯飲むまでに、3時間。早くもへとへとになっている。すると、私の人生こんなんでいいんだろうか、という毎度毎度の疑問が湧く。好きでやっているわけではないのだが、今の自分はどう見たって猫おばさんだ。猫は好きだがこんな〝猫様の奴隷〟的立場じゃなく、もっとクールに、もっとカッコよく、距離を置いて付き合うはずではなかったか。たとえば近所に顔見知りの猫を作りときどき声を掛け可愛がる、とか、飼うとしても1匹だけを文学的に溺愛する、とか、そんな風な。どこから道を間違えたのか。

　子供の頃から家には猫がいて、好き嫌い言う前にいるのが普通で、猫は空気のような存在だった。親元を離れ東京で暮らし始めても、アパート住まいだった最初の4年間以外は何かしらいた。もういい加減離れてみてもいいんじゃないと東京脱出を決めたときも、猫離れはできなくて、庭で生まれ家猫になったコミケを連れ帰った。私62歳、コミケ9歳。互いに残された時間の輪郭がぼんやり見えてきたときだった。その頃まではコミケを最後の猫にするつもりでいた。コミケを最後に私は新しい場所（結局実家となったけど）で新しい人生（猫のいない）をやってみたいと考えていたのだ。猫がいなければどんなにか身軽に暮らしていけるだろうかと夢見ていたのだ。

　しかしそれは間違いだった。話は戻るがまだ親が施設に入って存命だった頃、遠距離介護で東京から戻り、もう誰も住む人のいなくなった家に一人いると、決して大きな家ではないのに、自分が育った家なのに、しばらくいなかったせいか心細く不安を覚えた。

夜、使っていない真っ暗な2階が怖くて朝まで灯りを付けっぱなしにした。そこにコミケを連れ帰ったのだが、彼女がいると思うだけで暗闇なんかへっちゃらになったのだ。

もちろん強盗をやる人は猫などいたってへのかっぱだろうが、こちら的には自分のほかに誰かがいるという思いが安心感を生んでいた。そのとき初めて、あ、自分って、寂しさや恐怖とは無関係の〝一人暮らしの達人〟とかなんとか妙に自負してきたけれど、実はすべてが一緒に暮らした猫たちのおかげだったんじゃないかという思いが浮かんだ。それまでは一方的に面倒をみてきたつもりでいた猫たちに、実際は助けられていたってことだったのか。そういえばこれまで猫は、あの子が死んだらすぐこの子が、という具合に切れ目なくやって来た。私が寂しいと感じる間合いは一寸もなかった。いつも、いつでも、猫がいた。だから私は孤独に強い女でいられた。そのせいで男が逃げ去る難点もあったが、とにかくつるんと生きてこられた。私の気の向くまま人生は猫のおかげだ。どうやら猫とは切っても切れないきずなで繋がっているらしい、と気付いたのだった。

老後の夢は風前の灯火

それでもなお、10年ばかりをこの家で私とコミケの年寄り二人で静かに過ごし、彼女が天寿を全うしたら家を売り、街中の狭くても便利なマンションに移って一人きりの快適な老後生活を始めるつもりでいた。実家は街の中心地から少し離れた住宅地にある。地方都市の住宅地は、人と会うにも買い物するにも車がないと不便で仕方がないのだが、私は車を持っていない。ゆえに、庭で広々と過ごすのがいいか、街中で楽々と過ごすのがいいか、と訊かれたら、即座に後者に手を挙げる。老後自立した生活を営むには、買い物、食事、映画館、美術館、図書館、病院などが自分の足で歩き回れる範囲にあるというのが必須条件だ。だから猫はコミケが最後でなければならなかった。

けれど、人生何が起きるかわからない。ある日の地方新聞の社会面が私の老後計画をひっくり返した。「私たちを助けて」と書かれた大きな文字が仔猫たちの写真と共に目に飛び込んできたのだ。動物愛護センターの悲鳴のようなメッセージだった。あと数日で殺処分予定の猫たちの飼い主募集記事だった。見過ごすことは不可能だった。動物愛護センターは街はずれにある。〈オレンジ　橙書店〉の久子さんに車で連れて行ってもらった。飼い主を待っているたくさんの猫の中から選ぶことはできそうにないので目を瞑り、選択は里親係の人にお願いした。

連れ帰ったのがむーたんとスミレの兄妹だ。生後ひと月半ほどで駐車場脇に捨てられていたそうだ。私は今までにたくさんの猫を飼ってきたが、その全員が向こうから勝手にやって来た。いわば押しかけ飼い猫だ。こちらから飼おうと決めたのは今回が初めてで、そう決めて準備をする数日間のそわそわ気分は忘れられない。子供が生まれるお宅の空気はこういうものなのだろうか。そして連れ帰った小さな2匹が家の中を走り回った最初の夜のひとときも忘れられない。幸福感に満ち溢れ、部屋のどこもかしこも輝いて、ハートと星のマークが飛び交っていた。それは夢のような光景で今も鮮明に覚えている。

しかしこれで老後は街中に一人で暮らすという計画がズレたのだ。10年後、コミケは雲の上に行くとしても若い2匹はまだ存命だろう。彼らを連れてのマンション住まいは可能だろうか。可能としてもそれは当初思い描いた新しい生活ではないんだよなあ……なんて呑気に構えていたら、そのあと何とも一大事が待ち受けていたのである。

思いもよらぬ多忙な日々へと

1年後の7月の私の誕生日の前日だからはっきりと覚えている。朝、家の周りのそこかしこから、微かではあるけれど、仔猫の鳴く声が聞こえて来たのだ。ワーッこういうの、ほんと、困る。ほんと、弱い。どこかにいるんだ、庭のどこかに。どうしてこういうことになるのか。耳に栓して鬼と化し二日ほど過ごす。けれど、負けた。日替わりランチのように次々と小さな猫たちがテラスに現れ、ガラス戸の向こうから部屋の中を覗くのだもの、鬼も溶けるというもんだ。

　黄金色の母猫と5匹の仔猫がテラスの住人となるのに時間は掛からなかった。猫ボランティア活動をしている方の協力で全員に避妊・去勢手術を施し、大分の竹細工作家小《お》代《じろ》正さんにハウスを二つ作ってもらった。それからというもの、風雨寒波風通し対策のビニールを張ったり剝がしたりして、はや7年。人懐っこい女の子が知人にもらわれ、

兄妹が来てひと月経った頃

18年共に暮らしたコミケ

猫は女系家族ゆえ男の子2匹は追い出され、現在テラスは母娘3匹の女子ワールドだ。
今は内外7匹プラスときどき通ってくる1匹の合計8匹に落ち着いているが、短期滞在者が入れ替わり立ち替わり現れて、世話数十匹になるときもあった。そういう生活をしている以上マンション暮らし計画は白紙撤回せざるをえない。通いのトモちゃんが首から血を流しているとか、クモスケがマミ一家を襲撃するとか、マミが油まみれで帰ってきたとか、クロロが毛を剃いで丸裸とか、心配事、揉め事、事件は次々と絶えることがない。そのたびにオバサン一人で慌てふためき、悩み、考え、解決する。多忙過ぎて寂しいとか退屈とか思うヒマもない。これを充実と呼ぶのなら、うん、私の人生、かなり充実していると思う。

先の文（『クウネル』２０２０年9月号掲載、のち加筆）を書いた2カ月後の２０２０年10月19日、コミケは18年の生涯に幕を下ろした。私が予想していたとおり、熊本に戻ってから10年後の天国行きだった。後年歯槽膿漏と甲状腺機能障害に苦しんだが、いわば老衰の自然死だった。亡くなったその日は、この明け方だなと予感がして一晩中寝ないで付き合った。なのに水を飲みに立った一瞬のすきに息を引き取るんだもの、コミケも人が悪い。半日いつもの場所に寝かせ、夕方庭を掘り返した。可愛がった犬や猫や小鳥やウサギやトカゲやヤモリが埋まっている一角だ。いつもはへなへなしているオバサンの自分だが、火事場の馬鹿力でワシワシ掘った。なんだ、まだけっこうやれるなと自信が芽生えた。藁のように軽いコミケの固くなった体を土の上に寝かせた。芸者歩きの彼女にお似合いの桔梗の花を一輪添えた。コミちゃん、さよなら、長いこと付き合ってくれてありがとね。土をかけた。

それ以来スーパーで刺身を買うことが出来ない。刺身はいつもコミケと半分こにして食べていたので、美味しそうな刺身を見つけると「あ、コミちゃん喜ぶな」とまだ思う。だから今、刺身を見るのがつらい。買っても一人では食べきれないと思うのがさらにつらい。

家を繕う

私の両親は、まず父に85歳すぎたあたりから認知症の症状が現れ、それから5年ほど父を介護していた母も同じ病を得た。しばらくはヘルパーさん頼りの在宅生活を続けていたが、古い家での介護生活の大変さから快適と評判のサ高住へ一時転居。けれどいろいろなことがうまくいかずに再び在宅。ベッドから落ちたり階段から落ちたり道で転んで顎を切ったり、と、すったもんだの末、最終的には二人一緒に特別養護老人ホームに入居できた。

そのことを〝二人一緒〟の彼ら以上に喜んだのは私だった。どちらか一人取り残されたとき娘の私はどうすればいいのか、と思って眠れぬ夜を過ごしていたのだ。その特養に父が3年、母は4年ほど暮らし、1年ずらしで他界した。医療行為は行わない看取り介護をお願いしていたので、二人とも安らかに老衰して逝った。万全ではないにしても穏やかな幕引きだったと思う。

その間のおよそ十数年、首都圏住まいの私、兄、弟は遠距離介護というものを体験した。前半は互いに時間を見つけて順繰りに帰郷していたが、仕事や会社で自由の利かない兄・弟にはかなりの負担になっていると思い、後半は都合の付く私が引き受け東京―熊本間を往復した。50代もあと少しという頃で、まだ体力はわずかながらも残されていたけれど、この往復はいつまで続くのかという暗澹たる思いと疲労で帰京後一日寝込むこともあった。

とはいえ両親の世話をする数日間がつらいというわけではなかった。特に特養入居前の在宅期間は、よろよろの父やとんちんかんな母に手を焼いたにしても、二人が居るということで家の中には流れができ、ヘルパーさんを交えての話し声があり笑い声があり、朝・昼・夜の暮らしがあった。ときに怒る声や理解不能な会話があったにしても、それなりに楽しく実家時間を過ごせていた。

それが、二人が特養に去ってからは、面会やら手続きやら家や庭の世話やらで帰って家に独りでいると、何かしら物足りない空気に包まれた。心細いような気もし始める。夜ソファに座ってテレビを見ているとき背後からしんしんと募ってくるのは、もしかして寂しさか？　なんて思ってびっくりする。長い年月一人暮らしを続けてきて、心細いとか寂しいとかほとんど思ったことのない人間だが、親の居ない実家ではやたら寂しくて心細い。今まで居た人たち、居るべき人たち、それが居ないという不在感が、ぽっかり大きな穴となってすーすー風を吹かせているのだ。重たい静寂を招いているのだ。すーすーも重ったるさも、子供の頃から暮らしたこの家で初めて味わう感情だった。住み手のいない家の孤独を〝ひし〟と感じた。

東京に帰るときは帰るときで、掃除をして雨戸を閉め、窓を閉め、カーテンを引き、玄関の戸を閉めようとすると、暗くなった家の奥から「見捨てないで」という声がしてくる。それは懐かしい家族の声、みんな若くて元気だった頃の家族の声である。しばし耳を傾けて、つらい思いで戸を閉め鍵を掛け、門を出る。そしてふり返ると、家はまるでムンクの絵画『叫び』のような顔になっている。うわっ、とのけぞり、待たせていたタクシーに飛び乗り、空港へ急ぐ。

この繰り返しがけっこう効いて、少しずつ考えが変わっていった。毎度こんなじゃ往復するより自分がこの家に移り住む方が楽ちんではないかと、半年前には思いもしなかった考えが浮かんできた。とにかく、遠距離往復に要する半端なき飛行機代におさらばしたい。そして自分の来月再来月の家賃の心配からも脱出したい。今ちょっと棚上げしている〝地方の町に暮らす〟という長年の夢も元気なうちに実現したい。そもそもう自分には東京暮らしは充分ではないか?……などと、帰郷につながる要因はいろいろあったが、何と言ってもその〝家の叫び〟が脱東京へのいちばんの決め手となった。

家が叫ぶか、と嗤われる方も多いだろう。家を擬人化しすぎる傾向は昔からのものだ。子供の頃から家のことを考えるのが好きだった。特に高校時代には、愛読誌の『少女』『女学生の友』『ジュニアそれいゆ』や母が取っていた『主婦の友』『暮しの手帖』のページを捲っては、将来住みたい家のことを夢見て、こんな家、あんな家、あれこれ考え自分なりの見取り図を引いていた。全体図、前面図、横面図も描いた。好みの家具や生活道具は雑誌を元に形も模様も色までもきっちり描き、（外国映画のワンシーンのように）お風呂から上がってすぐにベッドへ行くための水道管の配置にまで知恵を絞った。

そういうことをしていると時間を忘れ、夜更けや明け方になることもあった。もちろん両親は勉強していると思っている。ときどき「明日に響くからいい加減切り上げなさいよ」と寝なさい合図を寄越したほどだ。だから通信簿に並ぶ最低路線の数字を見ては不思議そうな表情になる。あんなに勉強していたのに、という言葉を口の中で丸めている。諭すことがなかったのは、「あんなに勉強してもこんなに成績が悪いのだからどうしようもない」と考えたのだろう。もっと勉強しろとか塾に行けとか一度も言わず私を自由にさせてくれた。それで家熱はどんどん育ち「自分の趣味ではない家は早く出て、自分の好きな自分だけの部屋に住む」が目指す自分の生きる道となった。

というわけで、念願の〝好みの部屋に暮らす〟を目標に趣味の異なる親の家を出て幾歳月、東京で〝好きだわ〟と思えるさまざまな部屋を転々と渡り住んできて還暦を迎え、そのときやっと、自分が膨大なる浪費をしてしまったことに気が付いたのだった。これから余生というときに、蓄えがほとんどないというたいへん困った財政状況に陥っていたのだった。

浪費のおおもとはわかっている。長い間分不相応の部屋に住み続けたことにある。分不相応と言ってもそれらが高級マンションというわけではない、あくまでも自分の収入に照らし合わせての分不相応である。けっこう仕事はしたつもりだが、なにせしがないフリーランス業、余裕ができることはなかった。少し溜まるとまた別の好みの部屋に越したくなってすぐに吐き出す。最後の14年は白金台の古いマンションの小さな和庭に魅せられて高い家賃を払い続けた。帰郷すると決め、持ち主に退居の挨拶に行ったとき「長い間高いお家賃をありがとうございました。よく払い続けられましたねえ。感心していたんですのよ。総額はマンション一部屋を買える額になりましたものねえ」と言われ愕然としたが、後の祭りだ。そのときほど自分の経済的展望の欠如を悔やんだことはない。

財政危機にいる以上たとえ趣味でなくとも実家という住めるところがあるというだけで涙が出るほどありがたかったが、古い暖簾を下ろすにはなんのかんのと時間が掛かった。膨大なる浪費にエッと驚いた還暦の日から1年くらいウジウジ考えたのち帰郷を決め、そう決めてからさらに1年くらいかけて新生活の準備をした。

準備といっても古い家を繕う程度の話である。実家という戻り道を残してくれた親にはどれだけ感謝してもしたりないが、いざ住むとなると綻びがあちこち目立つ。およそ六十数年間一つの家族が暮らしを営んできた家だけに解決すべき問題があれやこれやと残されている。まっ先に悩ませられたのが親の家財道具と2階のもと子供部屋に詰め込まれている古いガラクタをどうするかだった。両親がこの家に戻ることはもうないと思うけれど、まだ存命のうちに彼らのものを処分することはとてもできない。しかし彼らの家具や食器や衣類や本などがあると、東京から持って来る予定の私の家具や食器や衣類や本などの置き場がない。考えた末、子供部屋のガラクタ——といっても昔使っていた家財道具だが——を処分して、空いたところに両親のなにやかやを移すことにした。処分と移動をお願いできる便利屋さんを電話帳で探した。すぐに来てくれて、処分する量は、車庫の分、温室の分も合わせると中型トラック2台分にもなった。頼んだ便利屋さんはなかなか腕のいい中年男性。彼のいかにもプロフェッショナルな、クールな態度が気に入って、それからも様々な雑用を頼むことになった。もちろん料金を払うのだが、年取った女が独り生きるにはこういう存在が貴重である。だからある程度のお金はゼッタイ必要なのである。

1階の和室を寝室にする予定でじっくり見たら天井に穴が空いているのを発見。そこから落ちたのかどうかは知らないが、ムカデが何匹も畳の上をザワザワ言わせて走るのを見て毛が総立ちとなる。以前はイタチが庭で遊んでいるのを見た。洗面所の天井に巨大なクモが見得を切るように腕を広げているところも見た。空き家は実にワイルドだ。大急ぎ電話帳を広げ、これは便利屋頼みというよりリフォームだろうと、リフォーム会社を探して連絡。天井の張り替えを頼み、扉や壁紙がぼろぼろに崩れ落ちている2階のもと両親の部屋のリフォームも依頼した。1階の客間である和室を自分の寝室にするのなら、2階のこの部屋を兄や弟あるいは友だちが来たときのゲストルームにしようという狙いである。本当なら家ぜんたいをリフォームしたいところだが、何せ自分は貯金がゼロで、預かっている親の通帳から家のあれこれを賄うしかなく部分的にしか手が回らない。天井、壁、扉のリフォーム工事のついでにカーテンの取り付け、パラパラに剝げ落ちている2階ベランダや門の鉄柵の塗り替えも頼み、帰省猶予の1週間で仕上げてもらった。最後にゲストルームと和室にベッドを入れ、取り敢えず汚いと思わないでも済む程度には、健やかに暮らしていける程度には、家を繕うことができた。これで安心して移り住める。最後の夜には仕上がったばかりのゲストルームで快適な睡眠を取ったのだった。

〝好みの家に住むのが夢〟の人間としてその程度で満足できるのかと聞かれたら、できないのだけれど、この年になると〝まあいいか〟という気分のほうが勝ってくる。自分がまだ若く、この先何十年もこの家に暮らすのであれば、または親しい人が次に暮らしてくれるのであれば、借金してでも家ぜんたいを好みのスタイルにリフォームどころかリノベーションしたと思うのだが、あと10年、長くて20年くらいしかこの世にいない立場としてはもったいないような気がするのである。まだ他に屋根やら外壁やら修理を必要とするところは多々あるけれど、なんとかうまくそれをしないで、凌いで、それらが寿命を迎える前に、こっちが天国か地獄へ行けたらいいなと願うばかりである。

我が家の庭のささやかな歴史

きらきらと陽差し輝く早春がいちばん好き、と、コートを脱ぎ鼻歌混じりで出かけていたのはいつ頃までだったろう。満開の梅林の中で嬉しそうにビデオに写っている自分は30代半ばに見えるから、少なくとも35、6年くらい前までは春を楽しんでいたようだ。お気楽に大口開けて笑っている。なのに、それが、今はどうだろう。お気楽に大口開けてなんてとんでもない、考えるだけでゾッとする。今や春は私にとって一年でもっとも疎ましく悩ましく気の滅入る嫌な季節だ。遠い昔は「日頃の（草に対する）行いが悪いからよ」と花粉に悩む人々を嘲っていたが、いつの頃からか私も花粉症に苦しむようになっていた。

冬場は立ち枯れて、おだやかな茶色い姿でこちらを安心させていた庭が、2月に入るとそこかしこに緑の者たちを登場させる。様々な雑草のまだおチビな連中である。人間や猫や犬やヤモリなんかと同様に雑草でもおチビなときはとても可愛い。だからつい油断して引き抜くのを猶予してしまう。これが命取りになる。2月下旬から3月になるとその連中ぐんぐん育って陣地を何倍も広げていく。これはいかん、何とか今のうちにとは思うが、それが花粉飛び交う時期でもあるのでどうしても庭に出られない。たとえ花粉症であろうとそのつらさ以上に庭仕事が好きであれば、帽子、マスク、サングラスにつるつるの上着という重装備で庭に出るのは可能だろうが、私は基本庭仕事が嫌いなのでそんな恰好までして草毟《むし》りをしたくない。それで花粉を口実に庭はほったらかしで春を凌ぐ。スギが消えヒノキが去り春が終わりを迎えた頃おもむろに出てみると、当然ながら庭は雑草天国である。

それでも熊本に帰って2、3年のまだ体力があった頃は、梅雨になる前までにせっせと草毟りや草刈りに励んでいた。当時の庭は、スミレ、タンポポ、ハコベ、ナズナ、ハコグサ、ハルジオン、カラスノエンドウ、などの春に花を付ける感じのいい草たちと、あんまり〝好きくない〟イネ科系と、どこにでも絡みつくツル系の連中がほどよく混在し、好きくないものを中心に毟ったり抜いたりしていれば雑然としながらもどこぞの原っぱに行ったような自然な状態を保てていた。

それがなぜか途中から異様な形相に変わっていく。メヒシバ、オヒシバ、スズメノカタビラ、エノコログサというイネ科の草ばかりが勢力増して庭の大方を占領したり、オオバコ、オドリコソウ、ツユクサ、ホトケノザがめったやたらに群生したり、見るからに嫌な感じのギシギシ、オニノゲシ、ノアザミ、ヤブガラシという輩がオラオラとのさばったり、と、勢力争いが年々過熱し、様々な草たちが混在して仲良く生きる原っぱのイメージは消え、戦国時代を思わせる荒廃した庭模様となった。好きなの嫌いなの、と別け隔てして抜いていたからこういういびつな状況を招いたのか。原因はわからないが、年々見るのも嫌な庭になっていった。自分の家の庭なのに見るのも嫌……という状態はつらい。見るのも嫌でほったらかしている……という状態も罪悪感につきまとわれる。つくづく庭などなければいいのにと思う。「庭付きの家」を幸せの象徴のように謳っていた時代もあったが、庭仕事が苦手な人間にとって庭は地獄と変わりない。

そういう娘とは真逆に庭仕事が三度の飯より好きだった父は、雨が降ろうと雪が降ろうと猛暑だろうと嵐だろうと、庭に出て、支柱を添えたり雑草を抜いたりしていた。平日は出勤前と帰宅後、休日はそれこそ一日中庭にいた。いったい何してるの？ と聞くと、剪定したり土を作ったり草を抜いたり、堆肥を作ったりそれを撒いたりしているらしかった。

旅行に出るのも、水やりの世話を頼む庭仕事が趣味の部下のスケジュールを聞いてからだった。案山子《かかし》のような身体で頻繁に芝刈り機を操っていた。学校が休みの日寝坊していると、庭からウォ〜ンと芝刈り機の音が聞こえて目が覚めた。休みの日くらいは寝かせてよ、とぶつくさ言ったが、そのおかげで夏は夏なり冬は冬なりに芝は整然と秩序を保ち、「お宅の庭はきれいかですねえ」とご近所から言われたのだ。50坪ほどの芝庭が夏は緑の絨毯に、冬は榛《はしばみ》色の麻の絨毯になり、その上を小学生の弟や気の強い犬が駆け回っていた。私の中学、高校の頃だ。思えばあの頃がこの庭のいちばん幸福なときだったろう。

父も年を取ると手が回らなくなり、芝も庭木の手入れも年に一度の植木屋さん頼りになった。庭の隅に温室を作って十数年いろいろな蘭を育てていたが、ある年帰ると温室は空っぽになっていた。テラス下の細長い路地に畑を作って自分たち高齢者二人の食べる分ほどの野菜を育てていたが、そこも生えているのは雑草だけになっていた。家もだけれど庭も住み手の状況しだいで幸不幸に分かれるらしい。さしあたり庭仕事嫌いの住む現在のうちの庭は不幸のどん底にあるのかもしれない。

そういう私にも庭の手入れに心酔した時期がある。熊本に戻る前の14年間を白金台の古いマンション1階の部屋に暮らしたのだが、そこには猫の額ほどの小庭が付いていた。「猫も飼えますよ」と友だちに誘われて下見に行って、猫より何よりその小庭の〝和風の趣き〟に一目惚れした。

狭い敷地に、モミジ、カエデ、シイ、クヌギという枝ぶりも美しい庭木が5本も配置され、ぜんたいを緑陰が覆い、その薄暗さにしびれた。さらに小庭から建物ぜんたいの庭に通じる出入り口は茶庭にあるような杉皮張りの裏木戸仕立て。テラスからそこまでを五つの飛び石が結んでいた。し、し、しぶい。自分には遠い存在と思っていたこういう侘び寂び系の庭によくぞ辿り着いた、いや今まさに辿り着こうとしている……と思うと頭の中がくらくらした。宝くじに当たったような、降って湧いたような幸運とはこういうことを言うのだろう。くじ運の悪い人間としては最初で最後の大当たりだろうか。

その部屋は宇野千代さんの隠れ家だったと契約のとき縁者の方から伺った。宇野さん自身は青山のマンションにお住まいだったが、ちょっと静養したいとき、うるさい世間から遠ざかりたいとき、ここで過ごされていたという。狭い中に無理を承知で5本の樹木を植え、隅々を縁取るようにドクダミ、野生のラン、謎めいた草々を配し、裏木戸、飛び石という庭の仕立てはいかにも庭好きの宇野さんらしいと納得した。確かにそこには隠れ家らしい密やかさがあり、身体がほぐれていくような静寂があった。都会のど真ん中にこのようなひっそりとした小宇宙があったとは。そしてそれが、借りる立場としても自分の手に入るとは。世の中そう捨てたものじゃない。

ただ一つ残念だったのは地面が荒れていたことだ。宇野さんご存命中は庭師が入っていたその庭も、亡くなられ人に貸すようになってからは住人の放置のせいで土が乾き、石ころが増え、雑草が生え放題、とマンションの管理人さんがおっしゃるのを聞き、せっかくのこの環境がもったいなく思えた。それまで庭仕事とは縁のない生活をしてきたけれど、いいよ、わかった、殺伐としているこの地面を苔で埋め尽くしてやりましょうや、と考えた。この庭には、やはり、どうしたって、苔だろう。ここを苔庭に造り替えてみるのも面白そうだと閃いたのだ。

一念発起、それからは石ころを除き、乾いた地面を耕して（といってもスコップで嗜む程度）、道路や公園の隅、石垣の溝、お墓の脇、お寺の石段のふちなどで青々ふくふくしている苔の、たぶん所有者なしと思われるのを少しずつ採取。それを庭に移植した。日当たり水撒きに配慮した。ふだん街のそこら中に元気に育っている苔だが、いざ育てるとなると陽差しと水の案配がむずかしい。寒いときも暑いときも庭に出て様子を見た。京都の苔寺でお見かけした造園業の方々の苔にダメージを与えない〝這いつくばり〟草抜き法をお手本に、天敵である雑草たちを引き抜き続けた……といっても小さな庭なのですぐに終了する。2年、3年と経つうちに、スギゴケ、ホンモンジゴケ、ハマキゴケなどの様々な苔たちは順調に陣地を広げていった。そして苦節14年。生気のなくなっていた庭が見事に（かどうかはわからないが）苔庭へと変貌を遂げたところでこの〝苔活〟は終了した。

庭仕事の苦手な人間がここまで打ち込めたのは和庭が好きだからだけれど、いちばんの理由はそこが8坪ほどの小庭だったことにある。そのくらいなら苦手な人間でも目配りできて手も届く。するとやる気も起きるというものなのだ。実家の庭も何とか小さな庭に変身できないものだろうか。

オオバコとギシギシでぼうぼうとなり、庭が荒れ狂う教室のような光景となった2014年の冬、「来年畑を作りませんか」と声を掛けてきたのは雑誌『九州の食卓』の編集長坂田圭介さんだ。草だらけにしておくのではもったいないと考えられたのか、「庭に畑を作ってその苦労と楽しみを書いてほしい」とおっしゃるのである。庭仕事だけでも嫌なのに畑仕事など死んでもできないと断り続けたが、坂田さんは草刈りに来てくれたりもするのであまり強くは断われない。それに確かに、畑をやるともぎたて野菜を味わう喜びがあるな、とも思い、バンジージャンプに挑む覚悟で引き受けた。

『九州の食卓』は季刊誌なのでレポートは春・夏・秋・冬の年に4回だ。春に種を蒔き苗を植え、夏に収穫し、秋に冬野菜の種を蒔き苗を植え、冬に収穫、の模様を書いた。それが二シーズン、つまり2年続いた。その間、編集女史、編集長、デザイナーくん、農夫でもあるカメラマン氏、畑も得意な竹細工作家ご夫妻などが畑の様子見にたびたび来てくれ、畑の周囲の草も刈ってくれたりした。すると、雑草たちのそれまでの異常な生い茂りが収まって、かつて父が世話を尽くした庭らしい庭の景色に少し近づいた。やはり小まめな手入れが庭にも必要なのだなあ、と考えさせられる日々だった。

虫に怯え台風にやられ、暑さにうなだれ寒さに震えながらも毎日庭に出て畑の世話をした。突発事故も多々あったが、それなりに収穫して美味しく食べた。そして二度目の大根、小松菜、ほうれん草など冬野菜の収穫を終えると、私がやりたいことはもうなかった。また来年も畝《うね》を立て種を蒔きなんやかんやを育てたいとは思わなかった。やはり自分は農作業には向いていない。向いていたら来期のプランがあれこれ湧いてくるはずだ。それで畑仕舞いをした。残っていた大根や玉ねぎを抜き、畝を平らにし、フェンスを取り払い、普通の庭の姿に戻した。すると無意味に広くて殺風景な景色が広がった。

畑をやっているときはいろんな人が来てくれて、草を抜いたり枝木を切ったりと畑以外のところにも手入れが行き届いていた。けれどまた一人である。弟が出張がてら泊まるので草刈りは頼めるにしても、それは年に一度くらい。畑をやめた年の夏は猛暑で庭に出るのも命がけだった。ほとんど出ないで過ごしていたらイネ科のメヒシバ、オヒシバ、チカラシバが大躍進して笑うほどだった。繁殖力が凄すぎて手の出しようがなく、笑って済ませるしかないのである。ワイルドでいいじゃない！　と言う人もいた。確かに見方によっては野趣たっぷりの光景だ。マミ一家は潜り込んだり走り抜けたりかくれんぼしたりとジャングル遊びを堪能していたが、カーテンを開けるとそこは荒原だった……みたいな毎日はなかなかしんどい。庭の悩みに終わりはないのか。

母の器たち

還暦を過ぎた頃、人生後半の……というか終の棲家をもう誰も住まなくなった実家に決めた。実家には施設に入った両親の暮らしがそのままに残されていて、娘のそれまでの人生が丸ごと入る余地はなかった。

これぞ荷を軽くするにはいい機会と捉え、東京を引き上げるとき家財道具を半分に減らした。特に食器はダンボール箱8個ぶんもあり、我ながらうんざりして、好きだの大事だのは横におき、値の付くものはすべて道具屋に引き取ってもらった。半分ほどに減ったとはいえ、それでも長い間母を支えてきた様々な器たちがひしめき合っている食器棚に娘の〝ぶん〟の居場所はなく、母の存命中はそれらが箱から出されることはなかった。

母が雲上の人となると、待っていたわけではないが箱は開けられた。罪の意識にさいなまれながら、彼女が特に大事にしていたもののいくつかを除き石の心で処分した。空いたスペースに今度は自分の食器を並べた。並べきれなかった分は母のと同じに埋め立てゴミとして処分した。つらいせつない作業だったが終わってみると爽快だった。思えばあれが私の終活第一段だ。

それまでにも人に譲ったりフリーマーケットに出品したりしてモノ減らしには努めてきたけれど、若かったせいかすぐにまた増え……の繰り返しだった。さすがに先の見えた近年は物欲も薄らぎ、もう増えることはないだろうと油断していたら、先日あらためて数えたところ、1個2個、3個4個、5個も6個も増えている。知り合いのギャラリーなどで見かけたり作家さんへのお義理で買ったりしたものたちだ。これはお付き合いだと考えて、しょーがないね、とあきらめて、気に入ったから持っているのだ、と納得するも、私には子供がいないのでこの先これらに使い手があるだろうかと思うと不憫にもなったりする。

それで終活第二段を考えてみた。これはダレソレさんにあげるもの、あれはナニヤカヤさんにあげるもの、などと後々の行き先を決めておくというものだ。終活とは「生きているうちにさっぱりしよう」という考え方らしいが、食器においてはある程度余分に揃えているほうが私は好きだ。施設に入所となればしかたないけれど、家で暮らせている間は料理に合わせていろいろな器を使いたい。食の愉しみには目の喜びも抜きがたくある。以前福井永平寺の禅修行僧を見倣って「応量器」なるものを使ったことがある。大から小まで6サイズが入れ子式になった塗りの器で、それが一人分の食器だ。食べ終わると一つに収めて確かに毅然として美しかった。食べ過ぎることもなく、そのひと組だけで食卓は充分賄える……でも愉しくない、飽きがきた。やはり私は生きているうちはあれこれ使う〝俗〟でいたいと確信を得た。

とはいえ、今の問題は鉢のいろいろである。鉢が10個近くあるのだ。白い水玉のガラス鉢は私のもので、あまりの清々しさに思わず財布を開いたという代物だが、あとは母の愛用品でおもにそうめん鉢として使われていた。そうめん好きな家族だった。夏場子供たちが学校から帰るとひんやり冷えたそうめんがこれらの鉢いっぱいに出され、騒ぎながら、お箸を戦わせながら、姉弟で食べていた記憶。日曜日の午後、黄色い鉢から白い麺を掬いあげつるつると啜っていた父と母の光景。みなそれぞれに思い出があり、つい捨てそびれているのだけど、一人暮らしの今、一人分のそうめんを入れるには大きすぎるし、ただ持っているには場所取り過ぎているし、これだけは早めに終活してしまおうかと思っている。

真夜中の新聞

モノの終活問題でいちばんぐずぐずと後を引くのが、写真、レコード、本、CD、DVD、ビデオテープ、手紙など、個人の思い出が詰まって捨てられない、けれど他人には無用の長物で譲られても困るといったものたちの行く末だ。みなさんどうされているのだろうか。私の家にもそういうものがわんさかあって手を焼いている。

本においてはそれほど悩みはない。汚れのないものは溜まるごと古書店に引き取ってもらえるし、傷や変色の目立つのは「ごめんね」の声と共に紙ゴミに出せる。新しく手に入れたら手放すことを念頭に大切に扱う。間違っても頁を折ったり線を引いたりしないように。私は本にはそれほどの執着はないので、大事なもの以外はできるだけ手放して、本棚とその周辺をこざっぱりした心地良い状態にしたいと考えている（つまりまだそうしていないということですが……汗）。

それに比べるとレコードは悩みが大きい。20代から30代にかけて集めたものが700枚くらい残っていて、何万枚も集めているマニアに言わせると〝蟻の大騒ぎ〟程度の分量らしいが、棚の半分くらいを細かな文字の背表紙に占められているのは重苦しい。かといって捨ててしまうこともつらい。あの直径30センチペラペラの盤の中には、それを聴いていた頃の、空気、匂い、風、景色、そしてヴォイスが、音楽と混じり合って入っているのだ。そこに自分が通過してきた〝世界〟があるのだ。……と思うと、そう簡単に捨てきれるものではない。

捨てきれないならじゃあ売ればいいのだが、私はジャケットを包んでいるビニール袋のガサガサ感が嫌で全部捨て去っている。マニアに言わせるとあれこそレコードの良い状態を保つために重要なもので、「僕なんか何万枚も毎年新しいビニール袋に入れ替えている」んだそうだ。確かに私の外の包みのないジャケットは変色し、猫の爪研ぎ跡さえある。ちょっとくらい珍しいレコードでも中古レコード屋が買い取ることはゆめゆめないだろう。すでにターンテーブルは壊れているが、もし新しく買ったとしても昔ほどレコード盤を回すことはないだろう。でもでもたまには聴きたいよ、死ぬ前なんか、と思った勢いで買ったとしても、あと10年くらいで入るかもしれない老人施設に持って行けるわけがない。つまり700枚は正真正銘無用の長物となって私の前に鎮座しているわけだ。

無用の長物はさらにあって新聞記事の切り抜きである。私の母の愉しみは夜一人居間に残って新聞を読むことだった。私は朝刊を夜読むなんてと揶揄したが、朝はもちろん日中母に新聞を読む暇はなかった。毎夜しんとした居間で一人、各紙面に目を通しながら気に入った記事があると切り抜いて箱に入れていた。その趣味はいつの間にか娘に受け継がれ、私も夜新聞のお気に入り記事を切り抜くのが習慣になった。

その20年分のが、箱に入れられたりノートにスクラップされたりして山になっている。それらは飴色に変色しながら、2階の三つ並んだ子供部屋の真ん中の私の部屋に詰め込まれている。今や物置と化しているその部屋の前を通るたび、そろそろ何とかしなくっちゃ、という焦りが生じる。それで幾度か手を伸ばしたが、一つひとつ目を通していると面白くて結局ゴミ箱行きになるのはほんの一握り。少しも整理などできやしない。

この家に戻って早10年。時間はたっぷりあったはずが、何一つ整理されていないという現実に愕然とする。が、しかしよく考えたら、そもそもこれら切り抜きやレコードや、それからＣＤ、ＤＶＤ、ビデオテープ、手紙などは、暇を持てあました老後の時間つぶし、そして愉しみにするつもりで、すでにセレクトして残していたものばかりなのだった。ということはもう少し年を取ればこれらは無用の長物ではなく、愉しみの対象となるのである。それを今手放すのでは筋が通らない。今は我慢のしどころ、なのかも知れない。

70歳の夜のひらめき

２０１１年3月に熊本に戻ったら、その1年後の3月に父が亡くなり、さらに1年後の3月母が亡くなった。施設の二人と頻繁に会えるからというのが帰郷理由の一つだったが、その意気込みも2年であっさりと終わりを迎えた。母の葬儀をすませた後、兄や弟と家をどうする、残すか売るか、という話になったとき、「私はできれば残したい。よそに住むお金がないからこのままここに居るしかないし」と言うと、びっくりした兄と弟、飲んでいたビールのコップをテーブルにドンと置いた。「何？　金がない!?　お前、この先どうするんだよ？　年取ると金要るぞ」と兄。「貯金してなかったの？」と弟。あんなに働いてきたくせに、と共に呆れ顔になる。で、なぜ貯蓄がゼロなのかを説明し、わずかな年金で家賃の支払いはきついしここに住むしか私のこれからはないわけで、と弁明し、住み続けることの了解を求めた。家族にごうつくばりがいない私は幸せ者だ。二人ともすんなりと了解してくれ、家は何事もなく私のものになった。

これで住むところの心配はなくなった。そう思うと、この土地がかつてないほどに親しみを増し、2階のベランダから見る空は広く澄みわたり、はるか遠方に横たわる紫色の阿蘇の山並みがやたら近しく感じられた。やっとそのとき自分の場所に立っているという気持ちが芽生えた。それからだ、本気で腰を落ち着けだしたのは。

安心して住むところがあれば天国、なければ地獄。今のコロナ禍や老人問題でも顕著なように、金欠時、衣食住の中でいちばん不安で怖い存在が住なのだ。衣食は何とか都合つけられたとしても住はできない。失うのみだ、ホームレスだ。友だちの知り合いにそういう人がいた。ある日突然友だちに助けを求めてきた。その話を聞き、私や友だちと近い世界の人だっただけに他人事ではない危機を感じた。借金して部屋代を払い続けている自分もこのままではそうなりかねない……かもしれない。そのときはっきりと、もう東京には住めない、早く抜けだそう、と考えた。

そして今、幸運にも家ができた。自分の家だ。そのおかげで〝ホームレスになるかもしれない不安〟とは永遠におサラバできた。長く続いた不眠症とも胃痛ともさよならできた。東京から引き上げるという自分の決断が早とちりでも間違いでもなかったことにホッとした。

けれど人生、都合の良いことばかりではない。不都合もきちんと用意されている。家賃の義務から解放された私にミシミシと伸し掛かってくる次なる重苦しい存在は〝家の維持費〟である。古い家ゆえ様々なところにほころびが出る。でもそれは〝取り敢えず今は見ぬふり〟でスルーするか便利屋さんの修理で一時凌ぎできるのだ。そうできないのが庭である。たかだか50坪ほどのものなのだが、夏ともなると生い茂る草と枝葉を伸ばした樹木たちの狂乱の場となり、鬱陶しく、息苦しく、焦り、腹立ちも覚えて、見るのも嫌な存在となるのである。

最初の頃は、さすが九州、田中一村《いっそん》顔負けの熱帯宇宙の形相じゃないか、と面白がったが、いつまでも面白がってはいられない。父の代から入っていた庭師さんに剪定・草刈りを依頼したものの、料金が目の玉飛び出るほどに高くて腰が引け、2回頼んで終わりにした。手の掛かる刈り込みのいる樹木が20本あるから仕方ないにしても、これから毎回二十数万円支払うのでは、兄弟から譲り受け家のメンテナンス用に使っている母の通帳もアッという間に干からびるだろう。

で、以後はシルバー人材センターの剪定・草刈りボランティアに依頼。しかしこちらは料金が安いため申し込み数が多く、予約であっても来てくれるのは申し込みから数カ月先になる。いやいや今、草木が乱舞しているたった今、じょりじょりやってほしいのに、と泣きたくなる。草木が勢いなくした頃シルバーさんたちが来てくれても「なんだかなあ」ってことにもなる。

その間しかたなく、剪定は無理にしても草刈りなら、と自分でやったり、帰っていた弟や友だちに頼んだりして急場を埋めてきたのだけれど、庭仕事が不得手な人間に50坪の半端なき勢いを持つ九州の濃くて激しい庭の手入れは、泳げない人が「あの島まで泳げ！」と命令されるくらいに絶望的なことだった。シルバーさんの草取り隊でもこの広さだと3人掛けての一日仕事で、私一人でやろうとしたら一日掛けても三分の一にも達しない。しかも暑いし虫が来るしでやる気も失せる。60なかばの体力は日々低下を辿るのに、それをあざ笑うかのように庭の重圧は増していった。

そういう頃の２０１６年４月14日の夜、そして16日未明、熊本地震が起きた。震度７の益城町《ましき》ほどではなかったが熊本市内でもたくさんの家が潰れたり壊れたりした。近所にも修復不能なくらい歪んだお宅が何軒もあり、すぐそばの大学の４階建て校舎の窓ガラスはすべて割れ落ちていた。幸いなこと鉄骨コンクリート造りの我が家は壁に細かな傷が数カ所入ったくらいで致命的な損傷は免れた。傷の修理もすべて地震保険で賄えて、保険の重要性を改めて知った。保険はどんなものでも、必要あるかな、やめようかな、と、目先優先に考えてしまう人間だが、大地震に遭遇したあとはやめないで良かったとつくづく思う。地震大国日本に暮らしている以上、生き抜く上で必須のものだ。

とはいえ地震保険であるからには確実に被災していなければ適用されないのだ。ブロック塀の倒壊で下敷きになり怪我をした人や潰れた車が多く出たというニュースに不安をおぼえた。うちも庭の三方をずらりブロック塀で囲まれていて、それもかなり古いブロック塀で、その向こう側は駐車場。絶えず車が駐まっている。この先また地震が起き、ついにブロック塀倒壊となり、車を下敷きにした場合の損害賠償金っていったいいくらになるのだろう。駐まっている車は一台だけではないからとんでもない額になるんじゃないか、と考えると怖くなり、いちはやくブロック塀の補修工事に手を付けた。費用は約60万円というけっこうな額になったがこれは被災ではないので地震保険の適用外だった。自費は痛かったがしかたがない、不安を抱えて過ごすよりいい、と気持ちを収めた。古い家は実に金食い虫である。札びらがアリの営巣跡地のように粉となって消えて行く。メンテナンス用通帳の残りの数字に侘びしさ募る。

庭の重圧とお金の不安を抱えたまま２０１８年７月を迎えた。12日は70歳の誕生日で、夜は小さなホールケーキにキャンドルを１本立て、ワイン片手に一人祝った。ＢＧＭはボブ・ディランだ。10代の頃何かっていうと背中を押してもらっていた彼の76歳のときのスタンダード・ジャズ三枚組ＣＤである。あれから半世紀も経ってしまってお互い年取っちゃったねえ、という意味でこの夜聴くため買っておいた。前からしゃがれ声ではあったが今や本物のおじいさん声となったディラン。そのいがらっぽい歌声に説得されるように、今自分が抱えている問題についてじっくり考えてみた。人生において仕事とか健康とか愛とか、大切なことはいろいろある。にしてもともかく今考えるべきは、重く伸し掛かりときに憂鬱にさせる庭とお金の二つについてだ。

たとえ大きい家でなくても体力も財力もない老人がそれを一人で維持していくのは大変なことだ。たまに80代だか90代だかのおばあさんが山奥の家と畑を一人できりもりしている話を聞くが、その方は特別なのだ。財力はなくても、体力、知力、気力、を人並み以上持ち合わせたスペシャルな存在なのだ。比べ私はごく並みの人間、庭とお金で大変！　大変！　とバタバタしている。

まず、庭をどうすればいいか考えた。シルバーさんの4月のとことん抜きまくり作業跡地も3カ月過ぎた今は草ボーボーだ。庭を売ってしまえるのならそれがいちばんだが、庭だけを買おうという土地業者はまずいない。その年も6月あたりからやたら暑く、並みの老女は次第に過密化していく草たちを見ているだけで、庭に出て抜いたり刈ったりする勇気も気力も湧いてこない。シルバーさんには年に一度の剪定と3カ月おきの除草を頼んでいる。市のボランティア事業だから造園会社ほど高額ではなくても、人件費と草木の廃棄料金で5万＋3万＋3万＋3万と年に十数万円の支払いになる。メンテナンス用通帳の残金がすってんてんになりかけているから、このまま行くと数年でシルバーさんにも頼めなくなる。それは困るがなりそうである。そうなったら、さあ、どうするよ、ヨシモト！

そのときひらめいたのが庭を造り替えるというアイデアだった。剪定は自分では無理だからシルバーさんに頼むとして、年3回の草毟りを自分でやると9万円浮く。10年で

90万、20年では180万も浮く。残念ながら年寄りなので20年後はないにしても財政的にはかなり楽になる。とはいえ今の広さでは老女の私の手には余る。ってことは、老女の私でも毟り取り抜き切れる程度の広さに庭を造り替えればいいのではないだろうか！と。すぐにノートを開きコンテを描いた。何かというとコンテを描くのが子供の頃からの性分だ。住みたい家の見取り図、撮影用のセット組み、旅行のルート、料理の手順。ただ確実に、若い頃より今は絵柄が雑になっている。年を取ると細かいことはどうでもよくなってくるらしい。

その大雑把な頭で考えたのはこういうことだ。庭仕事を極力減らすには草たちが生い茂る場所を減らすこと。生えて欲しくないところとほったらかしても良いところを明確に分けること。そうそうそう、雑草のテリトリーを今の三分の一くらいにしよう。残り三分の二の地面は、土にやさしく水はけの良い真砂土か何かで楕円の形に覆い、その中央に好みの果樹と水仙を植えるための小さなスペースを作る。すると真砂土で覆った部分は遊歩道のような形になり、その外側が雑草たちの解放区だ。それくらいなら何とか自分で除草作業がやれそうじゃないか。そうそうそう、これなら庭を好きになれるかも知れないね！　我に返るとディランの励ましのような歌声は終わっていた。

描き込みノートの表紙には「年よりにやさしい庭」と記した。そのときは何故か頭が冴えて、残りの諸問題も〝庭の造り替えはどこに頼む?→幸子さんに相談しよう→そうとう資金が要るはずだ→幸子さんに訊いてみよう→お金はどうする?→それも幸子さんに相談→家を担保に借りるとか?→ともかく幸子さんに。そうだ、そうだ〟と、頭の中で自分勝手にとんとん拍子に話がまとまり、それまでの重圧と不安がぱーっと吹き飛んだ。そしてすこやかに70歳の誕生日の夜の幕を下ろした。

私がここまで頼ってしまう幸子さんこと田尻幸子さんは、光や影のはかない瞬間を捉えたインスタレーションを得意とする現代美術のアーティストだ。〈オレンジ　橙書店〉の常連さんで、そこで知り合い、独り者同士で食べたり飲んだり相談したりの深い仲になっている。彼女も東京、ロンドンで学び、仕事をしたのち生まれ故郷に戻るというUターン組だ。自分よりだいぶ若い人物を家や庭やお金のことで「相談しよう」と頼るのは、彼女がすでにご両親の古い一軒家をリノベーションして快適な住まいに変え、街中の日当たりの悪い小さな庭をいい感じの和庭に造り替え、アーティストの仕事をしながらもお父上の賃貸業を引き継ぎ営んでいるからである。家、庭、不動産、これらについては数段彼女が詳しくて明るいからだ。

で、相談したら、庭造りは彼女の庭を世話してくれている造園会社に頼み、資金作りはリバースモーゲージの利用ではどうか、という即答を得た。リバースモーゲージとは何かと思ったら時を置かずに資料をいくつか持って来てくれた。幸子さんは頭の切れも行動も早い。

リバースモーゲージとは、一定の居住用不動産（土地と建物）の持ち主がそれを担保にお金を借りて、そこに住み続けながら、死亡後不動産を売却し返済するという貸付制度。資産は生きている間に使いたいという人が増えた今注目されているローン・システムという。確かに家を残す対象のいない立場には朗報だ。家を担保にお金を借りられることプラス〝死ぬまで住んでいてよろしい〟なんて、この制度、私のような人間には神の思し召しのようにさえ思えてしまう。

但しどこにでも落とし穴というものがあるのである。銀行を何軒か回ってみてわかったのは、私のような低所得者は銀行から提示される借用条件を満たせないということだ。年間所得が規程の枠に達しないし、契約時や死亡後の事務手続きを依頼する弁護士会への支払いも高額すぎて払えないようなのだ。お金を借りるにもある程度のお金がなければ叶わない、ということを70歳になって初めて知ったこの衝撃！　一瞬落ち込みかけたが、うんにゃめげるかと立ち直った。幸子さんの資料にはもう一つの別の道がしっかり用意されていたからね。

それは県の社会福祉協議会が運営する低所得者を対象としたリバースモーゲージ「不動産担保型生活資金」。銀行と同じように自宅と土地を担保に借り死後売却して返済するのだが、こちらは年金形式の貸付制度。当然ながら銀行より利子も契約に要する経費も安いとわかって大喜びするも、しかし手続きは煩雑で、私の無知からたびたびやり直しを求められ、資金交付の受理までにおよそ1年掛かってしまった。けれど同時進行で始めた庭の造り替え工事もガーデン・デザイナー松本さんの丁寧な仕事運びにけっこう時間を費やし完成は同じ頃になったから、上出来上出来と胸を撫で下ろす。これで肩の荷が下り、視野が広がり、将来が明るくなった。

ところで庭の作り替え経費はおよそ１２０万円。社会福祉協議会の制度では一度にまとまった額の借用はむずかしいので分割支払いを頼もうかと考えていたら、ここでも幸子さん登場して「分割にすると利子も付くし、私が全額払っときますよ。少しずつ返して貰うのでかまわないッすから」と救世主のごときお言葉をいただく。なんか、もう、練兵町（幸子さんの住むところ）方面には足を向けては寝られないのだ。

「年よりにやさしい庭」へ

老後の仕事　私の場合

老後の一人暮らしが薄ら寂しいものになるか、豊かな……とまではいかなくてもちょっとは面白味のあるものになるかは本人のやる気に係わってくる。ここで言うやる気とは、自分の人生をどう終わらせるかを企画し演出する気力である。その最後の力を振り絞り、たとえひどい人生だったとしても、いや、そうであればこそ、最終章で笑みを浮かべられたら素敵じゃないか。終わり良ければすべて良し。九州には「それでよかよか」という、なんでもをよか（良い）で締めくくる言い回しがあるが、「これでよかよか」と頷きながら死んで行けたらいいなと思う。

13年前還暦を友だちに祝ってもらった夜考えたのはそういうことだった。自分は今自分の峠の頂上に立った。これまではただ歩いているだけでも向こうからやりたいことがあれやこれやと転がって来たが、これからの下り坂にそれはもうない。何もしないでぼやっとしていたら、ただただ下って膝はがくがく、体力も落ち萎びていくだけだろう。燃え滓のような老人となり、会う人もやることもなく寂しい最期を迎えるだけだろう。寂しい最期も悪くはないが（実はけっこう好き）、そこに至るまでの下り坂がのっぺらぼーではいやだな、と思うのだった。寂しい最期のその前に、右に左に曲がりくねって人生の荒波小波を乗り越えたい。若いときの面白い楽しいつらい哀しい体験とは異なる老後の面白い楽しいつらい哀しい思いを味わいたい。貴重な残り時間を今の自分のようにただ空しく浪費するようなことはしたくない。場所を変えたり環境を変えたりして新しい世界で生き直したい。老人になって生き直すって……面白そうではないか。そうなるにはどうしたらいいか、どんな方法があるのだろうか。

第二の人生計画が現実味を帯びてきたのはその還暦祝いの夜あたりからだった。

地方なればこその愉しい仕事

そこで考えなければならなかったのが仕事をどうするかだ。老後は仕事なんかしないで悠々自適の隠居生活をしたいものだが、60代ではまだ早い。けれど勤め人なら定年の時期で、現役から掃き出されていく世代でもある。私も60を超えて確実に仕事が減っていた。むろん60、70、80過ぎでも多量の仕事をこなし大活躍の方々は数え切れないくらいおいでになる。けれど皆が皆そのようにやっていけるわけではない。

だから62歳で、知り合いもいない仕事仲間もいない熊本で仕事にありつけるかどうかはバクチのようなもので、まさに白紙の状態だった。とりあえず住むところがあり、わずかだが個人年金があったので、短期間なら〝疑似隠居生活〟が続けられるという計算のもと、両親のこと、家のこと、庭のことに労力を注いだ。隠居と言っても仕事をしないというだけでけっこう多忙な毎日である。けれど仕事はしていないからやたらと気楽で、実家にいるという安心感もあると思うが東京生活では欠かせなかった胃薬と睡眠導入剤にさよならできた。2キロ肉が付き、顔色も良くなり、悩みの種だった肩凝りからも解放された。仕事をしないとここまで健康になれるのかと驚き、ゆるい暮らしを喜んだ。

なのにそれが5カ月6カ月も経つと、何かしら毎日が平板に思えて物足りなくなるのだから勝手なものだ。天性のナマケモノである自分にしては思いがけず書きたい気分がむくむくと湧き上がってきたのだ。表の生垣に越してきたメジロ一家の大騒ぎ、目の覚めるような色の組み合わせを着こなし颯爽と歩く老婦人、知り合いのアオキサンに瓜二つのおじいさん、などと出くわし、驚いたり感嘆したりしては「ああ、このことを書きたいぞー」と唸るようになった。書くといっても日記ではダメなのだ。日記は苦手。毎日ただ自分のために自分に向かって書き記すということができない人間だ。雑誌編集育ちの性か、何事かが起こりそれを面白可笑しく人に伝えたいという欲望が、どうしようもなく、抜きがたくある。忘れたつもりでいたそれが、何もかも捨て故郷に戻った自分の中でふつふつと再燃してきた。

馬鹿げた看板や水前寺公園の魚釣りササゴイなどの写真を撮っては面白可笑しいコメントをメモし、誰かに読んでほしくて悶々とする日々。しかたないので友だちへのメールに記した。するとある日、イギリス在住の友人から「熊本での話をブログに書いて読ませてよ」という返信が来て、思わず「あっ」と声が出た。あっ、ブログ……やっぱブログか、それしかないか、と。同じ頃、こちらの状況を案じて舞い込む手紙への返事の代わりにブログで知らせるのはどうだろう、という気持ちになっていたから、まさに一石二鳥の解決策と背中を押された。

ブログはこれまで私の頭に浮かぶことのなかった三文字だ。もちろん存在は知っていたが興味もなかったからヒト様のものを読んだこともなかった。でもよく考えるとブログなら、ジャンルなし、文字数制限なし、〆切りなしで、知らせたい出来事を写真と文章で紹介できるのだ。それも好きなときに自由気ままに。収入はないから正確には仕事とは言えないかもしれないが、これ以上今の自分に最適の〝愉しき仕事場〟が他にあるだろうか。ないぞ。ぜったい、ない。

ということで、〈ギャラリーMOE〉の中二階にあるデザイン事務所「アプアロット」にブログ開設のフォーマット作りを依頼。運良くもその直後、〈ギャラリーMOE〉で大橋歩さんの服のブランド「a.」の展示会があったので、『こち熊』1回目は、半年ぶりの歩さんと、「a.」の服と、お客さんたちで和気あいあいの会場現場をばっちり取材の一報となった。

以後は編集魂の見せ場とばかりネタ探しにいろいろ街をされき回り、熊本市内だけではもの足りず隣町隣の県まで足を延ばした。山鹿市《やまが》（熊本県）の昔々の芝居小屋八千代座恒例の玉さま（坂東玉三郎）公演、熊本南部を流れる球磨川《くま》の国内最後の渡しの船頭さん（のちに作られることになるオダギリジョー監督作品『ある船頭の話』のモデル）を探して蒸気機関車SL人吉《ひとよし》に乗車、またあるときは鹿児島本線特急列車ソニックのカッコ良すぎる車両を紹介したく北九州・小倉まで行く、などして行動範囲が広がっていった。

その秋のことだ、雑誌『旅』の編集者小山《おやま》亜希子さんから連絡が来たのは。『旅』最終号で熊本案内をしてほしいと言う。ブログを読んで閃いた企画らしい。取材日程は11月だからおよそ1年ぶりの仕事である。わくわくである。まだわずかだけれど熊本に帰ってから懇意となった人、店、場所を紹介した。プライベートなブログとは違い全国誌だから多少の気張りが出るかと思ったがまったく気楽にのびのびやれた。〝半ば引退した人間がやってます〟的なゆとりもあって、愉し過ぎるくらいだった。

そんなお気楽さでやれたのは〝年〟のおかげかもしれない。現役から退いている今、言葉は悪いが〝遊び半分〟でやれたからだと思う。遊び半分というと顰蹙《ひんしゅく》を買いそうだけれど……不真面目に、ではなく、遊び心だ。遊び心で接するとまず自分が愉しい上に物事も往々にして円滑に進む気がする。そしてこういう遊びがやれるのは年を重ねて力が抜けたからこそだと思う。

帰郷して1年目あたりからそういう意味での〝遊び半分〟仕事がぽつぽつと――もはやどう頑張っても現役の頃のような仕事量はこなせないのだからぽつぽつで充分――人

るようになった。『熊本日日新聞』の仕事（旅のコラム、単発取材、半生記エッセイ、映画会など）と季刊誌『九州の食卓』の仕事（宿取材、食べ物の旅、庭に畑を作る、九州の気になるスポット巡りなど）を2カ月おき3カ月おきで平行して8年間、コロナ禍で中断となった2020年まで続けることが出来た。この2カ月おき3カ月おきという歯抜けルーティンが、長く続けられる大事なキモだった。年寄りには毎月仕事は荷が重いのだ。

旅も映画も趣味を兼ねた地元ならではの仕事と思う。東京ではこの老人にこういう緩い仕事は来なかったろう。のんびりと穏やかで愉しく幸せな8年間だった。『熊日』仕事は〈橙書店〉の田尻久子さんの口利きで、『九州の食卓』仕事は〈ギャラリーMOE〉荒木さんによる編集長坂田さんとの引き合わせから始まったのだから、東京を出るときのキタさんと歩さんの「会ったらいいよ」の言葉には頭が上がらない。人のつながりという運命の糸を強く感じた。

その8年間、地元仕事のほか東京時代のつながりでいくつかの雑誌からも依頼が来た。ほとんどが60過ぎての新天地生活の取材や書き物仕事だった。多くの人が老年時代突入目前のこの時期に興味を持っているのをひしひしと感じた。仲の良かった編集者鈴木るみこさんも雑誌『クウネル』の熊本案内や雑貨についての昔話、お弁当トークなどで何度も来熊してくれた。春樹さん、響ちゃんもやって来て、東京するめクラブ（村上春樹＋都築響一＋ヨシモト）による雑誌『クレア』の熊本旅行記をやり遂げた。人吉に行ったり阿蘇に行ったり漱石旧居へおじゃましたりしながら、まさかこういう取材をする日が来るとはと三人顔を合わせ遠い目になった。さらに思いもしなかったのが、その直後に起こった熊本大地震復興のための「するめ基金」イベント、そしてその4年後の報告イベント、と企画して2回も熊本に来てくれたことだ。その誠実さ。「友、遠方より来たる」という言葉が実にふさわしい二人なのだ。

こうやって思い返すと、のっぺらぼーどころか我が下り坂道模様はけっこう派手で賑やかだ。しかしコロナ禍の現在は、（コロナ禍失業の人数が8万人以上と聞けば私などひと言もないのだが）私の仕事もほとんどが〝中断〟という言葉のもとに消えている。唯一続いているのが橙書店発行の地方文芸誌『アルテリ』仕事で、年に1回短めの物語を書かせてもらっている。編集長である久子さんに「好きなことを好きなように書いて下さい」と言われ、〝遊び半分〟心がいたく刺激され、それがモチベーションとなっている。遅筆で集中力に欠けるため原稿提出はいつも〆切りギリギリだったが、今年は他に何もないので悠々と〆切り前にお渡しできた。

というわけで、今ある仕事はこの原稿書きのみだ。他に仕事がない以上落ち着きに欠ける人間もじっくり向き合え、これはこれで良かったかも知れない。更新システムが面倒くさかったブログは数年前に止め、今はもっと気軽に発信できるインスタグラムに移行しているが、自粛して外に出ないので書くことがない。するとこの原稿書きに時間を回せて、これもなかなか良かったことかも知れない。

ヒルデガルトの長いお話

誰に聴いてもらうでなし。
一人で弾き、一人悩み、
一人でクリアし、一人喜ぶ。
それが私のチェロ人生。

「チェロやってます」なんて言うと、いかにもバッハやドヴォルザークを優雅に弾きこなし悦に入っているみたいに聞こえるが、私の場合はとんでもない。何年やっても進歩なし、そのヘタクソぶりは天下一品、人が聴いたら吹き出しそうな単なる老後の手習いである。同じヘタでも、宮澤賢治の夜に練習していると森からやって来た動物たちから演奏を頼まれる『セロ弾きのゴーシュ』とは真逆で、私の場合はチェロをかかえたとたんそれまで横で寝ていた猫たちむっくり起き上がり嫌な顔して部屋から出て行く……という図になってしまう。音が癇に障るらしい。むべなるかな、私の出す音、不協和音にしか聞こえないものね。ヘタクソだと練習するにもそばに猫が寝てやしないかと気を使わなければならないのだ。

それでも練習は愉しくて、毎日に張りが出る。一日最低1時間、出来れば2時間、思い切って3時間やるときもあるが、3時間のときはさすがに指や手や腰が痛くなり「演奏会に出るじゃなし、バカだな」と苦笑失笑することに。3時間という時間は、起きている時間を16時間とするとその五分の一ほどだ。演奏家になれるわけもない年寄りが、残り時間にそれほど余裕のない老人が、家事、猫世話、仕事に終活、と他にやるべき事柄が山のようにある独り者が、一日の五分の一もの時間をチェロの練習に費やしていいものだろうか……と終わったら反省するのだが、気が付けば同じことをまたやっている。ヒマさえあればチェロに手が伸びるので、ヒマを持てあますということがない。年を取ってヒマを持てあますことがないというのはかなり幸せな状況だろう。

そういうありがたい状況を生み出してくれているチェロについて少し話してもいいだろうか。名はヒルデガルトという。ドイツ生まれだからそう付けた。工場で作るようになった初期のものというからけっこう古く、前の持ち主が中古で買って30年ほど使い、その後私が37年持っているから、少なく見積もっても私と同年輩になるようだ。体型もたいへん近い。ケースに入れ肩に掛けて信号待ちしていたら、反対方向で待っておられたご婦人が大笑いして「まるで姉妹ね！」と叫ばれたほどだ。弾くとき彼女を膝にかかえると、こっちが抱きついているようにも見えるらしい。

同年輩のヒルデガルトと共に

楽器演奏とはまったく関係のない人生を歩んでいた私が突如チェロを購入し、周りを呆れさせたのが37年前。30代半ばで仕事に脂が乗っている時期だった。忙しい中友だちの声かけで〝ヘンなバンド〟を作ることになったのだ。メンバーは5名。面白いね、と、それぞれが自分には不釣り合いな形態のやったことのない楽器を使うことにした。何にするか喋り合っていると、メンバーの主軸を務めるアキヤマ（編集者秋山道男）が「不釣り合いってことならやっぱキミはコントラバスだな」と肩を揺すって笑う。「見た目面白いけど手が届きゃしねえぞ」とやはり笑ってクマさん（芸術家篠原勝之）言う。「馬鹿にすんな！」と私怒ったものの、推考のすえ「音が好きだしオードリー（・ヘップバーン）も弾いてたし」と、形は似ているがコントラバスよりふたまわりほど小さい、しかしチビの私には充分に不釣り合いなチェロで決まりとなったのだ。他の連中は何になったのかよく覚えていない。たぶんアキヤマは不釣り合いというよりも、彼の大きな顔に添えると違和感漂う小さなソプラノ・サックスだったと思う。

アキヤマの手はずでN響のチェリスト氏が練習用に使っていたというドイツの工場製品を譲ってくれることになった。つまりお古だ。しかし、お古であっても工場製品であっても練習用であっても、プロが使っていた楽器である、宝石も車も別荘も買ったことのない私には人生でいちばん高価な買い物になってしまった。習い事はことごとく挫折してきた人間なので無駄にしてしまう不安もあったが、反対に、高額ゆえにやめるわけにはいかなくなるという特典もありそうだ。ケチな私は後者に賭けた。その賭けが37年後の今、日々の愉しみを生み出している。賭け事にもことごとく弱かった人間唯一の〝勝ち〟である。

バンドを始めるまでにそれぞれ演奏できるようになっていよう、と、みんなさっそく練習を開始した。私はN響チェリスト氏に紹介された音大先生のお宅まで1週おきに通った。場所は都下の国立市。かなり遠いが車がないのでバスと歩きだ。姉妹のようなサイズのチェロを抱えて延々とバスに揺られ、降りて十数分も歩くのは、比叡山の修行に近かった。5回目あたりで嫌になり、6回目あたりで涙がこぼれ、8回目でギブアップした。次に、家に来てくれる先生を見つけられたが、互いに仕事を持つ身、レッスン日の調整でなかなか折り合いが付かず、半年で暗礁に乗り上げた。聞けば他の連中も座礁中だ。多忙を極める大人5人にこの計画は無謀だったと1年後バンド話は消滅した。

だからといってここですべてを放棄する、では、習い事が続かなかったこれまでと同じである。まだ調弦も音出しもできず、チェロは置いておくだけの、場所を取るだけの、ただただ鬱陶しい存在でしかなかったけれど、あの高額な譲り受け金を思うと意地でもやめるわけにはいかない。1年ほど掛けようやく今度はガクセイ先生を見つけ、二度目の来宅レッスンに漕ぎ着けた。そのときは学生だろうと何だろうと教えてくれるなら、家に来てくれるなら、誰だって良かった。マンション住まいだったので音の大きいチェロを弾けるのは内も外もざわついている夕方しかなく、月に一度土曜日の夕方来てもらった。しかし平日は仕事だから夕方家にいることはほぼ不可能で、習い事に一番大事な練習ができない。従っていつまで経ってもチェロらしい音が出せない。子供の頃から始めた人は別として、チェロは正しい音が出せるまでに10年かかるとN響の人から聞かされていたから焦りはなかったが、キィーキィーゴォーゴォーとしか聞こえない音には自分が弾いていながらも「うるさい、うるさい、うるさーいッ！」と叫ぶときもあった。

そんなある夜のこと。マンション・ロビーの掲示板に「騒音迷惑。夜の大工仕事はおやめください」という張り紙を見つけフリーズしたのだ。たまにだけど夜こっそり極力音を小さくして音階練習をしていたので、この〝騒音〟とは自分のチェロの音だとぴんと来た。騒音という文字より大工仕事の音というほうにショックを受けた。自分が密かに苦々しく思っていることが白日の下に晒されたようで恥ずかしい。漱石の『それから』に、バイオリン初心者が練習する音を「鋸《のこぎり》の目立ての様な声」と表現するところがあるが、それを思い出し、夜更けのロビーで一人顔を赤くした。

結局は、音の出せる夕方在宅していることは難しくガクセイ先生のレッスンも半年くらいで立ち消えた。それからのヒルデガルトは寝室の単なる置物になってしまう。所在なさげで哀れに見えた。たまに調弦したり弾いてみたり磨いてみたりしたが、そんないい加減な付き合い方で弦楽器がすこやかさを保てるはずがなく、10年目くらいで、内部に立っている魂柱《こんちゅう》が倒れ、指板、駒、側板がずれるというボロボロの状態になってしまった。その姿を見るたび自分のふがいなさを糾弾されているようで落ち込んだ。もうこのまま古道具屋か何かに売って終わらせたい気持ちと譲り受け金の〝もと〟は取りたい卑しい気持ちの葛藤ののち、やっと楽器屋に持ち込んでメンテナンス願う。掛かった料金およそ10万円。ふがいなさの代償は高くついた。

元の姿に戻って帰ってきたヒルデだったが、それからも多難な道を歩むことになる。彼女が元の姿に戻っても長い間弾くことのなかった私には練習続行の気力が失せていた。

そもそも自分のような、上達したい、発表会に出たい、などの練習目的のない人間がチェロを持ったのが間違いだとしか思えなくなっていた。それに私には、チェロをやるには〝手が小さい〟という致命的なハンディがあるのだ。うちで再びボロボロにしてしまうより、どなたかに回復したてのこの姿をただでいいから貰っていただき、使ってほしいと考えて、背が高く手がロン・カーターほどに大きいギター弾きの隆ちゃん（高砂隆太郎）に申し出た。猫シッターとして来てくれている間にヒルデを弾いて「いい音だね」と言っていたからだ。「う〜ん」と隆ちゃん、それほど乗り気ではなかったが何とか頼み込み、嫁に貰ってくれることになった。風の強い夜、大きな隆ちゃんと大きなヒルデが乗り込んだ小さなミニ・クーパーがマンションの駐車場から去って行った光景を今もくっきりと覚えている。安堵と寂しさで大きな溜息が出たのだった。

しかし隆ちゃんも本業のボサノヴァ・ギター修行に忙しい。チェロの相手までは出来そうにないということで、ヒルデは1年で出戻りとなった……ああ無情。ヒルデの多難な道のりに終わりはないのだろうかとあれこれ模索しているうちに、私の中では別口の東京を出る計画が膨らみ始める。どこに行くかはわからないけどヒルデガルトは連れて行けないだろう。するとこのまま無用の長物として古道具屋で最期を迎えるか、バーなりクラブなりのどこかの店先に飾り物として立て掛けられるか、しか道はない。でもそれは嫌だ、可哀相だ。やはり楽器は弾いて貰わなくては。その環境を探すしかない。そう考えて目黒の弦楽器専門店に中古チェロの引き取り願いに行ったのだった。

相談を受けたオーナーはこう言った。「う〜ん、うちは手作り弦楽器の店だから工場生産のものは引き受けられないんですよ。ましてやこんな古いものはねえ」と。……オーマイガッ！　価値のない古い楽器はやはり粗大ゴミとなる運命か。唸る私にオーナーはこう言った。「ご自分で弾いてあげたらいいじゃないですか？」と。もちろん弾けるものならそうしたいが実はここまで紆余曲折、カクカクシカジカ◯◯××で△△◇◇□□となってしまい、もうすぐ還暦だし、チェロ再開はもうあきらめていると説明した。すると「まだあきらめるのは早いですよ。まだまだ早い。うちでやっている教室には88歳のおばあさまが通っていらっしゃいますよ。一度見学に来てみませんか？」とおっしゃるではないか。なんと88歳のおばあさまだと……オドロキでモモノキだ。その弦楽器教室は個人レッスンが基本で、教室に練習用の楽器が用意されているという。楽器持ち運びの苦労がないので88歳のおばあさまでも通うことができるのだという。なるほどねえ。それは私にもいい話だと、そのおばあさまのレッスンの見学に行ってみた。

どうしたって三味線の方が、着物の方が、お似合いと思われる88歳のおばあさまは田中さんといわれた。しゃきしゃきされて若々しくきれいな方だ。もともとは年寄りの手習いで大きな楽器メーカーのチェロ教室に通われていたが、童謡や唱歌の簡単なメロディーを弾くだけのプログラムでは飽き足りず本格的に習おうと86歳でこの教室に入られたそうだ。86歳で教室に……。頭が下がった。褒め称えると「チェロをやっていると呆けないわねえ」と笑われた。なるほど、と頷く。指と頭と耳を使うものねえ。田中さんの年齢まで私には30年ばかりある。であればこれはまだ遅くない、まだまだ充分に愉しめる、と確信した。田中さんの存在が背中を押してくれたのだ。

その教室で週に1回のレッスンを3年弱続けた。根気に欠ける人間が3年間も通い続けられたのは、チェロを持ち運ばなくてもすんだことと、出来ない生徒にシビレを切らすでなく対応してくれた先生と、そして〝田中のおばあさま〟というシンボルのおかげである。その頃は仕事ももっぱら自宅作業で夕方の練習もスムーズにでき、サポージニコフ基礎教本の第一部まで終了した。少しずつチェロらしい音が出始め、指の位置にも馴れ、わずかながら譜面から旋律を感じ取ることができるようになった。そして2011年3月、東京に、教室に、さよならを告げた。都会におけるヒルデガルトの苦難の道のりはここで終わった。

目黒の弦楽器店で丁寧に梱包された彼女は私とコミケの到着より3日遅れで熊本に着いた。すぐに取り出し弾いてみた。どこにも異常はなかった。マンションとは違い一軒家だから練習はいつでも出来る。しかも、18で家を出てから44年の間にいつしか家の左側右側そして裏側が駐車場に変貌していて、大音響もへのかっぱになっているのだ。何たる幸運と柏手を打った。マンションの練習ではこそこそと腹三分ほどの音しか出せなかったが、ここでは目一杯、お腹の底から、音を出せるのだ。どんな音でも出せるのだ。何たる幸せ！　しばらくは目黒の教室で教わったことの反復練習に明け暮れた。そして頭を過《よぎ》るのはこれからレッスンをどうするかということだった。

それが某日、〈オレンジ　橙書店〉のカウンターで何気なく「チェロの個人レッスンをやってくれる人はいないかなあ、できれば家に来てくれる人」と呟いたら、いきなり隣席から「いるにはいるけど」と返ってきたからびっくりしたのだ。まるで映画みたいじゃないか。「けど？　けどって何かまずいことでも？」と聞き返すと、お隣さんは「知人にチェロを教える人がいるにはいるけど、今でも忙しい状況だからこれ以上は無理だろうな、という意味の〝けど〟です」と言う。「その人は家に来てくれるんですか?」と聞くと「そうらしい」と言う。熊本で私の行ける範囲にチェロを教えるところはなく、来宅レッスンに頼るしかないと思っていた私にとってこの話は限りなく輝いて見えた。強引にお隣さんに頼み込んで連絡を入れてもらった。翌日、その先生と話し合えた。

それからこの夏で8年になる。お互いの都合を調整して月に一度、遠慮なく音を出してのレッスンが続いている。新しい曲に進むと、まずは独学、後日先生が修正する。的確な指導でほんと勉強になる。練習時間は年々増えて、初めに書いた自戒どおりのことになっている。あと少しで『鈴木鎮一チェロ指導曲集』の6冊目に入り、その1曲目がサンサーンスの「白鳥」だ。いよいよか、と胸ふくらむ。平行して練習しているのがバッハの「無伴奏チェロ組曲第一番」だけれど、バッハはさすがに難しく遅々として進まない。でもその〝遅々として〟を汗をかきかきやっていくのが面白いのだ。そしてヘタクソなりに進歩しているから、〝継続は力なり〟というアレ、アレは本当だなあとつくづく思う。

ヒルデガルトは毎日いじくり回されて色艶を増し、傷だらけで年は取ったが元気そのものだ。ゆったりと老後を過ごすおばあさんという雰囲気になった。私は相変わらず上達とは無縁だが、結果ではなく〝過程〟を愉しんでいるのだから「これでいいのだ」とバカボンのパパになっている。新しい譜面を開き、何もわからない暗い森の中へ入り、何度も行き来し彷徨い歩き、向こうにぼんやりと一本の道が見えたときの心の震え、それを感じるたびにチェロをやっていて良かったと思う。それもこれもヒルデのおかげだ。彼女との出会いがなかったら今ほどに老後を愉しんでいる私はいない。私の人生の相棒はヒルデガルト、その人だ。

人生は小さな愉しみのつづれ織り

3月はじめ、〝今日は少ない〟という花粉情報を確かめて、それでもマスクと帽子と眼鏡の武装は忘れることなく庭に出る。花粉が飛び始めてから庭に出るのは久しぶりだ。この前まで茶色かった地面が早くも緑一色に変わっている。知らぬ間に雑草解放区一面にハコベが蔓延っている。今年の庭の勢力争い第一勝者はハコベらしい。

風が吹くと、2年前庭の西側の隅に植えたミモザの木が連獅子のように揺れる。たくさんの垂れ枝に咲いた数えきれないほどの黄色い小花が、ゆらゆらざわざわもっさもっさと揺れている。1本の幹には過酷と思えるその重量感に見ている側は不安になる。このミモザさん、細身のわりに頭が大きいため去年の台風で倒れたのだ。朝起きたら、

180センチくらいの木がバッタリと倒れていた。こりゃダメかと諦めかけたが根っこは半分埋まっていた。そこへ知人の助っ人が入り、立て直して支柱を付けてもらい蘇ったのだ。

どうしてもミモザの花咲く光景を見たい、写真に撮りたい、という一心で立て直しをお願いしたから、花咲く今倒れられては困る。重すぎる頭を剪定代わりに何本か切って、花瓶に挿し、部屋のあちこちに飾ろうと考えた。黄色い花は室内に春を呼ぶ。薄暗かった部屋が一気に明るさを増す。ミモザの他に、水仙も黄色いの白いのと咲き、その派手さがどうにも好きにはなれないが小さな仏壇脇に一輪飾るにはいいかもしれない肥後椿もちょうど良い案配に咲いている。庭を見回し、これからしばらくは花屋に行かないでも済みそうだと独りごちた。

そんな風に、陽差しは輝き、春うららである。花粉を除けば一年でいちばんのどかな季節だけれど、毎年この時季になると3・11の記憶が鮮烈に蘇る。あの日、あの時刻、私は東京の14年暮らした白金台の部屋で、二日後の東京脱出のための荷造りをしていたのだった。手伝いに来てくれた友だちの一人は食器を新聞紙で包み、もう一人はガラス戸に張った飛散防止シートを剝がし、私はレコードをダンボール箱に詰めていた。昼ご飯あとのちょっと眠たくなる時間帯だった。部屋がゴーッと鳴りグラグラグラッと大きく長く揺れ、外から「きゃああ」という悲鳴がいくつか聞こえた。三人、手が止まり体が固まり無言のまま顔を合わせた。これまでにない揺れの強さに〝ついに来た〟と私は思った。長いこと恐れ続けてきた直下型東京大地震が、何の因果か二日後東京を離れるという今起きてしまった、と。直下型ではマンションさえも倒壊するという話だったが、部屋の中に異常はなかった。そもそも半分以上の荷物がダンボール箱に詰められたあとで散らばるものがなかった。大急ぎでテレビを付けた。そこに映し出される現実とは思えない映像に、「うわっ」とか「あああー」とか「嘘だ嘘嘘」とか、我々三人叫ぶ以外に為す術がなかった。外が薄暗くなるまで画面の前から動けなかった。

あれから10年。東日本大震災のその後の歩みと平行して私の二度目の人生も進んでいた。同じ時間を掛けて、東北は復興を目指し、私は新しい生活を編み上げていった。同じ時期人生が一変した者同士だからか、岩手、宮城、福島の事情は身内の話のように気になった。地元の人が願うような復興が遂げられているのか。外見の復興は進んでいても心の復興はどうだろうか。今も様々な検証がなされ意見が飛び交い、いいことも残念なことも耳にする。片や私の新生活は、と言うと、見事単純にことは進んで〝山中暦日無し〟といおうか、ミモザ満開に一喜一憂するようなのどかな地方暮らしである。それを良かったと思うけれど、同時に胸の奥のどこかがチクチク痛む日もある。

さて、そののどかな地方暮らしの朝の友はポータブルラジオだ。もちろん人並みに良い音質のオーディオシステムは持っているが、ラジオ放送はそれでなくポータブルラジオのくぐもった平板な音で聴くのが好きなのだ。もう何十年もポータブルラジオと共に暮らし、現在のものは2代目になる。庭仕事にもお風呂にも連れて行く。

平日は起きてすぐ猫さん方のお世話に入り、それを済ませると自分の時間で、それではと食堂の棚の上に置いているこのラジオのスイッチを入れる。いつもだいたい9時を少し回っている。平日の午前中はアナウンサーやディスクジョッキーのお喋りがかまびすしいので聞き流すだけだが、土曜日の朝は例外だ。7時20分からNHK‐FMで始まるピーター・バラカン『ウィークエンドサンシャイン』、そのあと9時からのゴンチチ『世界の快適音楽セレクション』にダイアルを合わせ、猫のお世話に励みつつグッドチョイスの音楽に聴き浸る。バラカンさんとゴンチチのセンスの良さが光るトータル

3時間35分。それは一週間の癒しというか、私にはなくてはならない大切なひとときだ。最近はラジオも音楽を聴かせるというより喋り中心の番組が多い。喋りも嫌いではないけれど、ラジオからは音楽を聴いていたい私にとってこの二つの音楽番組は貴重な存在だ。土曜の朝の至福の時間はポータブルラジオと共に20年近く続いている。

反対に、熊本に帰ってから始まった〝日々の愉しみ〟が二つある。一つが毎朝の健康小皿、もう一つが新聞投稿の短歌、俳句の切り抜き作業だ。

東京にいるとき朝起き抜けで飲むのはコーヒーだった。1匹や2匹の猫との生活は朝ていねいにコーヒーを淹れる邪魔にはならなかった。が、7匹、8匹ともなると世話に追われてドリップしている暇などない。それで紅茶を飲むようになった。コーヒーのときはコーヒーだけで満足できたが、紅茶の場合紅茶だけでは何かしら口寂しい。あっさりし過ぎている。クッキーなどを齧りたくなったが、甘味の取り過ぎが気になった。

あるとき福岡在住の木工作家、山口和宏さんの木のお皿を手に入れた。彫りのごつごつした素朴で可愛い小皿だ。毎日使ってこの木肌を男の子から青年へと育てたくなり、たまたまあったナッツとかえりちりめんとドライフルーツを盛って朝の紅茶のお供とした。ナッツ、かえりちりめん、ドライフルーツは何気なくやってみた組み合わせだが、一緒に食べると美味しさが倍増、いや3倍にも膨れあがることがわかった。さらにこの3種、それぞれに若返るための栄養素をしっかり持っている。70代の健康維持には最適である。すぐに毎朝山口さんの小皿に盛って食べるようになった。

老人になると毎日同じことの繰り返しに安堵を覚えるものらしい。私の父親も朝ご飯はいつも同じ、蜂蜜塗りバタートースト1枚、茹で卵、レタスのサラダ、牛乳、コーヒーというメニューだった。私が家にいるとき、たまには違うものを、と作ると嫌がった。「同じものがいい」と言い張った。同じ時刻に庭に出て、同じ時刻に夕食を摂っていた。そんな判で押したような生活、息が詰まると当時の私は思ったものだが、今は父によく似た自分がいる。たいていの日々が、朝は7時から猫の世話、9時から10時頃に紅茶と山口さんの健康小皿、夕方4時すぎチェロの練習、夜の8時に晩ご飯、というローテである。

もう一つの新しい〝日々の愉しみ〟、新聞投稿の短歌、俳句の切り抜き作業は、熊本に戻った翌年からだから始めてもうすぐ10年目になる。短歌、俳句に格別興味があったわけではないが、何気なく読み始めたら読者による投稿の、プロの詠み手の眼差しとは少し異なる日常の息づかいが面白く、週に一度の入選作発表が待ち遠しくなった。中でも紙屑として捨ててしまうのが惜しい作品は切り抜いて、A4のノートにスクラップしている。そのノートが2冊になった。この地球上、他に一つもない私だけの歌集句集だ。ときどき読み返すのが本当に楽しい。さすがに私の趣味を反映して動物を詠んだ歌や句が多いのだけれど、そういう中から、アメリカの郷隼人氏、ひたちなか市の十亀弘史氏の共に獄中詠、三十一文字《みそひともじ》の宇宙を少しだけ取り上げてみる。

まずは郷隼人氏の作。

蟷螂《マンティス》が夜の独房に忍び込み功夫《カンフー》名手の如く威嚇す

凶弾に倒れしレノンの唄声に慰められる殺人犯われ

〈ボニータ〉と名付けた栗鼠《りす》を飼い慣らし膝で餌をやる獄庭《にわ》の木影に

次に十亀弘史氏の作。

清潔な小石のような蜘蛛ひとつ同房にいて憎しみ合わず

獄窓の目隠板に冬の蜂　休日昼間の静かな時間

残刑が一年を切った一月の夜明けの空の親しき光

情景がくっきりと、まざまざと、鮮やかに浮かび上がる三十一文字の宇宙には、まるで映画を観た後のような感覚が残る。こういうの最高の気分。こういう歌や句がA4のノート2冊にいったいいくつスクラップされているのか、数えていないからわからないが数百にはなると思う。数百の小さな世界がノート2冊に詰め込まれていると思うとわくわくする。本棚に並ぶその2冊を見るだけで笑みが浮かぶ。これほど好きなのだから自分でも詠もう……と、普通はそういう方向へ進むのだろうけれど、私は誰かが詠んだ歌を句を読みたいのである。私の知らない世界を三十一文字で見せてほしいわけである。

だからこの習慣、というか趣味は、まだまだ営々と続く気がする。

　こういうささやかな愉しみは、やはり年を取ったからこそ味わえるものなのだろう。昔の、若いときの、愉しみといえば、撮影の成功、おいしい料理、映画に文楽に野球観戦、毎夜の10キロ走、週に三日のピラティス・レッスン、など、振り返るとかなりアクティブな内容だ。若いときに、庭仕事や新聞切り抜きやかえりちりめんをひと皿食べるなんてことを自分がやろうとは考えもしなかった。けれど結局は、若いときの愉しみがいろいろと枝葉を付けて、あるいは振り落とされて、後年の愉しみへと繋がっていくのではないかと思う。たとえば映画や文楽に親しみ脳を刺激していたからこそ、短歌・俳句の世界を彷徨出来るのかも知れないし、音楽に至福のひとときを見出せるのかも知れない。ランニングやピラティスで身体を意識する習慣が出来ていたから、若さづくりに必要な栄養素をすんなり組み合わせられたのかも知れない。少々強引な結びつけだけれど、人生って、生活って、小さな愉しみ、喜びが重なり合って出来上がっているのだなと思う。大きな喜びが一つ二つあるよりも小さな愉しみがびっしりと繋がっている方が断然暮らしやすそうだ。ということから、これまでの私の人生、夢の多くは叶わなかったが小さな喜びは随所にあって、まあ、全体的に見れば愉しかったな、とは思う。これからのことは正直いって見当もつかないが、あと10年か20年、せっかくだから（老後をではなく）老人をとことん愉しみ、味わい尽くそう、と考えている。

あとがき

後半の「あたらしい土のうえで」は鮭の遡上のように熊本に戻って来た日常をため息まじりに書いた。なぜため息まじりかというと、気が付けばすっかり老人となっていたからだ。仕事もだけれど、家事、雑用も、昔のようにいろんなことをいちどきにやるのが無理になっていた。何かひとつをやればしばらくは休まなければならない。缶・びん・パック容器らの蓋を開けるのに長い時間を要するし、メモやら請求書やらいつも何かしら探している。だから一日中忙しい。24時間がたいへん短い。老人はヒマと言われているが、それは嘘だ。

アッという間にひと月ふた月み月も経って早10年。光陰矢の如しである。忘れないよう、頭や腰や足もとが元気なうちにやっておくべき事柄を壁に貼っては眺める日々だけれど、それがつまらないかと言えば、ノン！　実はけっこう面白い。スーパーの買い物を載せて自転車に乗ると重さでよろけて危ないのだが、死の覚悟を持ってのコギコギは刺激的だし、探しもので部屋から部屋へと動き回るときなんぞ〝人生は謎だらけ〟と名探偵ポアロ気分を愉しめる。

現在私にはいくつか借金があるが、この年では、あと10年、長くて20年と思えるので怖くない。今さら欲しいものも行きたいところもないから、ひたすら働きお金を返し、返しきったところで静かにフェードアウトすればいい。選択肢が狭まると迷いもなくなる。それが年を取ることの特典と思っている。

私に唯一ある夢というか理想は、リバースモーゲージの収入が終わる12年後、85歳11カ月あたりで命を終えることだ。その頃は猫たちもたぶん全員〝虹の橋をわたって空へ〟召されているだろう。ヒルデガルトも寿命だろう。家（土地）は県のものになる。立つ鳥跡を濁さずを実行してスッキリと終われたら万歳！　なのだ。

最後に、この10年、遠方よりはるばる来熊いただいた友人・知人、そして熊本地震のとき手を差し伸べてくれたこの地の新しい友人たちに感謝の意をお伝えしたい。これからもよろしく。

２０２１年７月　　吉本由美

初出

Ⅰ　転がる石のように

「『自分の町』といえる場所」は同題（『旅』２０１２年３月号、新潮社）を加筆修正。

他は「わたしを語る——転がる石のように」（『熊本日日新聞』２０１７年１月16日～２月20日）を一部改題し、加筆修正。

Ⅱ　あたらしい土のうえで

「私の朝は猫仕事から」は、「猫のおかげで、充実した私の人生。」（『クウネル』２０２０年９月号、マガジンハウス）を改題し、加筆修正。

「母の器たち」「真夜中の新聞」は、「モノの終活１・２」（『O'clocca』２０１９年夏号・秋号、ふくや）を改題し、加筆修正。

他は書き下ろし。

著者について

吉本由美（よしもと・ゆみ）

1948年熊本市生まれ。作家・エッセイスト。セツ・モードセミナー卒業後、洋画雑誌『スクリーン』編集部、大橋歩のアシスタントを経て雑誌の世界へ。創刊間もない『アンアン』『クロワッサン』『オリーブ』などの女性誌を舞台に雑貨・インテリアを扱うスタイリストとして活躍後、執筆活動に専念。2011年より熊本に在住。雑貨・インテリア、日々の暮らしや旅をめぐるエッセー、小説作品が多数ある。著書に『吉本由美〔一人暮し〕術・ネコはいいなア』（晶文社）、『雑貨に夢中』（新潮文庫）、『ひみつ』（角川書店）、『かっこよく年をとりたい』（筑摩書房）、『東京するめクラブ　地球のはぐれ方』（村上春樹、都築響一との共著、文春文庫）、『みちくさの名前。雑草図鑑』（NHK出版）などがある。

イン・マイ・ライフ

著者　吉本由美

2021年7月27日　第1版第1刷発行

発行者　株式会社亜紀書房
〒101-0051　東京都千代田区神田神保町1-32
TEL：03-5280-0261
https://www.akishobo.com/

印刷・製本　株式会社トライ
https://www.try-sky.com/

Printed in Japan
ISBN 978-4-7505-1702-5　C0095